KJB

Luc Blanvillain, 1967 in Poitiers, Frankreich, geboren, ist Vater dreier Kinder. Er ist Französischlehrer und hat in Frankreich schon einige erfolgreiche Kinder- und Jugendbücher veröffentlicht. Gerne setzt er in seinen Büchern Schüler, Eltern und Lehrer in Szene – also jenes Höllentrio, in dem er sich tagtäglich bewegt. Sein Motto: »Die Welt ist meine größte Inspirationsquelle. Ich lasse sie sich nur manchmal etwas schneller oder weniger rund drehen.«

Weitere Informationen zum Kinder- und Jugendbuchprogramm der S. Fischer Verlage finden sich auf *www.fischerverlage.de*

Luc Blanvillain

Tagebuch eines Möchtegern-Versagers

Aus dem Französischen
von Maren Illinger

KJB

3. Auflage: Oktober 2018

Erschienen bei FISCHER KJB

Die französische Originalausgabe erschien 2014 unter dem Titel
›Journal d'un nul débutant‹ bei l'école des loisirs, Paris

Umschlagzeichnung und -gestaltung: Vera Schmidt, Stuttgart
Satz: Pinkuin Satz und Datentechnik, Berlin
Druck und Bindung: CPI books GmbH, Leck
Printed in Germany
ISBN 978-3-7373-4085-4

2. September,
am Abend vor dem ersten Schultag
nach den Sommerferien

Ich fange bestimmt nicht zum Vergnügen mit dem Tagebuchschreiben an, wie meine Mutter glaubt, und auch nicht, weil ich morgen in die neue Schule komme. Darüber gibt es nichts zu sagen.

Noch weniger über die Dinge, die unsere Klassenlehrerin vor den Ferien in ihrer ewig langen Abschiedsrede erwähnt hat: »den Beginn des Erwachsenwerdens«, »die Zeit der Geheimnisse«, »die Veränderungen des Körpers« und anderen Erwachsenenquatsch dieser Art.

Ich will darüber schreiben, warum ich ein Versager werde. Punkt.

Ich mag das Wort *Versager* nicht, aber alle gebrauchen es. Man muss sich ja verständlich machen. Wenn man in der Schule ein Versager ist, ist man oft ein richtig fetter Versager. Als würde man zwangsläufig dick, wenn man sich mit schlechten Noten vollstopft. Ich verkünde also offiziell auf der ersten Seite dieses Tagebuchs, dass ich mich zum Volk der Schlechten, der

Mittelmäßigen, der Bedürftigen gesellen werde. Dem Club der fetten Versager.

Bis zum heutigen Tag war ich das genaue Gegenteil.

Die Art Schüler, dem die anderen – vor allem meine große Schwester – am liebsten eine reinhauen würden. Ein Notendurchschnitt von 1,1. Nicht 1,0, damit man mir nicht wirklich eine reinhaut. Die Art Schüler, die bei einer Klassenarbeit sofort anfängt, in einem Zug die Antwort runterzukritzeln, eine halbe Stunde vor den anderen abgibt und sich ein Buch aus der Bibliothek holen darf, um die Zeit totzuschlagen, bis die anderen endlich fertig sind.

Ein dickes Buch.

Ein dickes Buch für viel ältere Leser voll komplizierter Wörter.

Ich habe in meinem Leben nur ein einziges Mal eine mittelmäßige Note bekommen. Das war, als ich Blinddarmentzündung hatte. Ich hatte niemandem etwas von meinen Bauchschmerzen gesagt, um den Mathetest nicht zu verpassen.

Warum ich also nun den Olymp verlasse und mich jäh hinabstürze in den Sumpf der Nichtigkeit? (Ja, ich verwende solche Sätze. Und ja, ich habe nur wenige Freunde.)

Warum ich ein Vorhaben angehe, das nur dafür sorgen wird, meinen Vater zu enttäuschen, meine Mutter zu verärgern und meine Schwester zu erfreuen?

Obwohl man mich auf dem besten, anspruchsvollsten, erbarmungslosesten Elitegymnasium der Stadt angemeldet hat?

Um das zu erklären, muss ich eine kurze Zusammenfassung meines Lebens geben. (Im Tagebuch ist es schließlich erlaubt, Geheimnisse auszubreiten, die niemanden interessieren.) Ich darf nicht fernsehen. Ich besitze keine Computerspiele. Jeden Sonntag fahren wir aufs Land. Ich führe ein Leben wie der kleine braune Bär aus der Zeichentrickserie für Kleinkinder. Meine Eltern tun das nicht aus Grausamkeit, sie wollen nur, dass ich Höchstleistungen erbringe. Mein Vater ist Bibliothekar und überwacht die literarischen Angelegenheiten. Meine Mutter ist Ingenieurin und betreut alles, was mit Zahlen zu tun hat. Ich bin umzingelt.

Meine Schwester hat sich geschickter angestellt. Sie wiederholt gerade die achte Klasse und bereut nichts – abgesehen davon, dass sie so ein Jahr länger mit mir auf eine Schule gehen muss. Meine Schwester heißt Heloise. Dieser Name ist nicht etwa das Ergebnis eines feuchtfröhlichen Abends. Unsere Eltern haben sie bei vollem Bewusstsein so genannt. Wenigstens hatte ich in dieser Hinsicht mehr Glück: Ich heiße Nils.

Sie haben natürlich versucht, auch Heloise in ein Vorzeigesuperhirn zu verwandeln, aber ihre Technik war noch nicht ausgereift. Bei mir haben sie sie perfektioniert. Sie ist sehr simpel: Sie lassen mich nie in Ruhe. Seit meiner Geburt wird mir alles erklärt, was mir unter die Augen kommt. Man erläutert mir das Gewicht, die Geschwindigkeit, die Wortherkunft, das Jagdrevier oder die chemische Zusammensetzung. Als ich klein war, durfte ich, wenn ich mir weh getan hatte, nicht einfach weinen, sondern musste drei Synonyme für das Wort *Schmerz* nennen. Ich habe schnell aufgehört zu jammern.

Aus diesen Gründen habe ich beschlossen zu rebellieren. Ich kann es nicht so machen wie Heloise, die erstens ein Mädchen ist und zweitens in der Pubertät, und die perfekt die Kunst beherrscht, beim Frühstück eine Leidensmiene aufzusetzen und in Schluchzen auszubrechen. Also habe ich mir vorgenommen, ein Versager zu werden. So lange, wie es sein muss, werde ich ein Faulpelz sein. Klar, diese Verwandlung muss sich schrittweise vollziehen. Niemand darf merken, dass ich simuliere.

Ich denke, ich werde mit ein paar kleinen Rechtschreibfehlern beginnen. Solche, die sich auf Zerstreutheit schieben lassen.

Dann werde ich Rechenfehler hinzufügen.

Und es wird mir schwerfallen, mich an die neue Schule zu gewöhnen.

Die neuen Lehrer, die neuen Räume, alles wird mich verwirren. Ich werde vergessen, mir die Hausaufgaben aufzuschreiben. Man wird mich bestrafen. Die Strafen werden mich in einen Teufelskreis aus Angst und Schlaflosigkeit treiben. Ich werde immer blasser werden. Aus Angst zu scheitern werde ich scheitern. Innerhalb kürzester Zeit werde ich ein durch und durch glaubwürdiger Versager sein.

Ich kann mir so ungefähr vorstellen, wie meine Eltern reagieren werden. Meine Mutter wird sich schreckliche Sorgen machen. Mein Vater wird seufzen. Es wird lange Diskussionen hinter verschlossener Wohnzimmertür geben. Sie werden in den dicken Kinderpsychologiewälzern nachschlagen, die meine Mutter in ihrer Bibliothek hortet. Ich habe sie selbst gelesen. Die Wissenschaftler raten davon ab, Kinder zu sehr unter Druck zu setzen. Aber die Kapitel, in denen sie den Eltern empfehlen, ihre Sprösslinge in der Gesellschaft ihrer Artgenossen erblühen zu lassen, hat meine Mutter wohl überschlagen.

Tja, dann muss sie eben noch einmal ihre Nase hineinstecken.

Vielleicht darf ich dann endlich Fußball oder Computer spielen. Man kann ja träumen.

9. September

Ich weiß. Schon eine Woche rum. Strenggenommen ist mein Tagebuch keins, weil ich nicht täglich etwas schreibe. Ich sollte es mein Wochenbuch nennen. Diese Bemerkung zeigt, wie sehr mich die Pingeligkeit meiner Eltern geprägt hat. Aber jedenfalls war die erste Schulwoche ereignisreich und außergewöhnlich interessant.

Der erste positive Punkt: Ich bin in meiner Klasse von Unbekannten umgeben. Meine Freunde sind auf weniger anspruchsvolle Gymnasien gekommen. Die neue Schule hat ein paar appetitliche Fächer im Angebot: Italienisch, Latein, Japanisch (Grundkenntnisse), Chemische Versuche und Einführung ins philosophische Denken. Ergebnis: Wir sind nur zwanzig Schüler. Zwanzig Gehirne. Die Elite. Na, nicht ganz. Neunzehn Gehirne plus Basile, auf den ich gleich noch zu sprechen komme.

Meine Mutter ist ganz außer sich, weil die Tochter ihres Teamleiters, Melissa Robert, in meine Klasse geht. Ein Teamleiter ist in der Welt der Erwachsenen ein Vorgesetzter, kaum einflussreicher als man selbst, den man aber als unfehlbare Gottheit betrachtet, da er einem die Himmelspforten öffnen oder das Leben zur Hölle machen kann.

Unser Klassenraum ist *über*ausgestattet. Jeder Quadratzentimeter der Wand ist mit Gegenständen bedeckt, die unseren Wissensdurst wecken sollen: Landkarten, Zeitleisten, knifflige Matheaufgaben, Reproduktionen berühmter Gemälde, Porträts von wichtigen Persönlichkeiten. Abgesehen von dem Beamer, der interaktiven Tafel und dem riesigen Bildschirm steht uns eine Flotte ultramoderner Tabletcomputer zur Verfügung. Kaum sind unsere Hausaufgaben korrigiert, werden die Noten von den Lehrern eingetippt und via E-Mail an unsere Eltern geschickt. Seit Schuljahresbeginn hatten wir schon vier Tests. Ich habe es geschafft, in allen durchzufallen.

Aber immer der Reihe nach. Zuerst muss ich von meinen neuen Mitschülern erzählen. Feststellung Nummer eins, sie sind nicht sehr interessant. Sie könnten für Zahnpastawerbung oder Brillenreklame posieren. Fast alle haben mindestens ein Jahr übersprungen und wirken wie überfrisierte Riesenbabys. Wenn sie auf dem Stuhl sitzen, baumeln ihre Füße in der Luft. Kaum sitzen sie an ihren Plätzen, holen sie ihre Hefte, Stifte, Bücher und Geodreiecke heraus und legen alles mit zeremoniellem Ernst auf den Tisch. Wenn der Lehrer hereinkommt, erstarren sie und machen Männchen wie Otter, die darauf warten, dass man ihnen einen Fisch zuwirft.

Abgesehen von mir tanzen drei Personen aus der Reihe.

Die erste heißt Mona, wie die Mona Lisa. Es gibt also tatsächlich Eltern, die noch übergeschnappter sind als meine. Zum Glück sieht sie überhaupt nicht aus wie die Mona Lisa, außer vielleicht ein bisschen, wenn sie mich geheimnisvoll anlächelt. Ich glaube, dieses Lächeln heißt, dass sie mich gut findet.

Sie hinkt. Ihr Hinken hat mich sofort neugierig gemacht, und weil ich durch ihr geheimnisvolles Gesicht abgelenkt war, habe ich mich voll in die Nesseln gesetzt.

»Was hast du für eine Behinderung?«, rutschte es mir in der allerersten Minute unserer allerersten Pause heraus. Ich hielt sofort nach einer Mauer Ausschau, um meinen Kopf dagegen zu knallen.

Zum Glück antwortete Mona: »Und du?«

Ich wurde rot. »Ich? Ich bin ein Versager.«

Sie nahm meine Aussage ernst und zog die Augenbrauen hoch. Die echte Mona Lisa hat keine Augenbrauen, das habe ich überprüft. Sie sind ausgezupft.

»Was soll das heißen, ein Versager?«

Ich überlegte, ob ich ihr meine Geschichte mit den Psychoproblemen wegen der beginnenden Pubertät und so weiter auftischen sollte, aber wegen ihrer langen Wimpern konnte ich keinen klaren Gedanken fassen.

»Niemand ist ein Versager«, sagte sie. »Du bist kein Versager. Und ich bin nicht behindert.«

Dann fügte sie mit einem weniger geheimnisvollen, dafür aber unwiderstehlichen Lächeln hinzu: »Ich habe nur eine kleine motorische Einschränkung, die es mir erlaubt, den Fahrstuhl zu benutzen und dich zu bitten, mir die Tasche zu tragen. Und weil ich im Fahrstuhl ein bisschen Angst habe, begleitest du mich.«

Der zweite Schüler, der aus dem Rahmen fällt, ist wirklich ein Versager. Ein echter. Er heißt Basile, und ich habe noch nicht herausgefunden, was ihn an diese Schule geführt hat. Möglicherweise ein Anmeldefehler. Vielleicht sind seine Eltern auch Versager.

Ein glücklicher Umstand hat dafür gesorgt, dass ich in der ersten Stunde neben ihn gesetzt wurde. Basile ist ein großer, weicher Typ mit kraftlosen Haaren und langen weißen Händen, die grundsätzlich alles fallen lassen. Die gespannte Stille des Unterrichts wird also häufig durch ein konzentrationsschädigendes Scheppern gestört: Auf den gefliesten Boden fallen Metallfiguren, Murmeln, Knochen, Zähne oder Muscheln. Basile sammelt kleine harte nutzlose Gegenstände. Weitere Gemeinsamkeiten der Schätze, mit denen er seine Taschen füllt, habe ich noch nicht feststellen können.

Dank ihm ist es mir glänzend gelungen, schon beim ersten Test durchzufallen. Ich habe einfach bei ihm abgeguckt und mich von seiner Technik inspirieren lassen. Basile ist ein hochgradiger Versager. Ein echter Profi. Erst einmal braucht er mehrere Minuten, um zu merken, dass er ein Aufgabenblatt bekommen hat. Minuten, die er der Betrachtung der Wolken widmet. Er hat mir von seiner Leidenschaft für diese Nebelgebilde erzählt. Er sieht Gesichter darin. Gesichter von Toten, die versuchen, mit uns zu reden. Man muss ihre Lippen lesen. Diese Kunst erfordert Zeit und Geduld. Wenn er damit fertig ist, die Botschaften von da oben zu entschlüsseln, beugt er sich über sein Arbeitsblatt, kneift die Augen zusammen, nimmt einen Stift und schreibt den totalen Blödsinn.

Man kann nicht sagen, dass er falsche Antworten gibt. Er verfehlt nur das Thema. Und zwar nicht knapp, sondern ganz und gar. Er antwortet auf Fragen, die niemand gestellt hat, abgesehen von ihm selbst. Normalerweise stürzt er sich auf ein Wort in der Aufgabe und entwickelt daraus eine Theorie, in einer neuerfundenen Rechtschreibung. Ich lerne viel von ihm. Er mag Mona, aber ich glaube nicht, dass er eine Chance bei ihr hat. Unter anderem scheint er nämlich nicht begriffen zu haben, wozu es Zahnbürsten gibt.

Die dritte Person unterscheidet sich paradoxerweise durch ihre Überangepasstheit. Ein widerliches Genie. So wie ich, nur noch schlimmer. Er ernährt sich praktisch von mathematischen Gleichungen. Meine ersten Noten haben ihn beruhigt. Er bedenkt Basile und mich mit herablassendem Lächeln und giftigen Kommentaren. Er unterhält sich manchmal mit Mona, aber nur, weil sie fast so schlau ist wie er. Bis jetzt war sie immer Zweitbeste. Es ist kaum zu glauben, aber er heißt Engelbert. *Engel*bert!

Was die Lehrer angeht, so kann ich noch nicht viel zu ihnen sagen, abgesehen von Monsieur Courtelin, dem Mathelehrer. Heloise hat mich auf ihn vorbereitet. Dieser Mann ist ein Monster. Man nennt ihn den Kondor. Weil er mit seiner Hakennase, den stechenden Augen und der fliehenden Stirn wie ein Andenkondor aussieht. Und wie sein Namensgeber ist er ein Aasfresser. Er weidet sich an seiner Beute. Der Kondor hat es auf Faulpelze abgesehen. Er hackt immer wieder mit seinem federlosen Kopf auf seine Opfer ein. Aber anders als der echte Kondor kann Monsieur Courtelin seine Hässlichkeit nicht durch die Eleganz seines Fluges ausgleichen. Er hüpft eher wie ein Huhn. Mona zuckt jedes Mal zusammen, wenn er sie ansieht, aber Basile findet ihn aus unerfindlichen Gründen ganz nett.

Meine ersten Noten haben zu Hause eine Atomkatastrophe ausgelöst. Meine Mutter hat sich zuversichtlich mit dem Server der Schule verbunden, das Passwort eingegeben und beim Anblick meiner Noten gedacht, sie hätte sich vertan. Ich saß auf dem Sessel, schlürfte ein Trinkpäckchen Biokakao aus echter Landmilch und beobachtete sie aus dem Augenwinkel. Nach dem dritten Versuch startete sie den Computer neu. Aber die unwahrscheinlich schlechten Noten wurden erneut angezeigt.

Sie drehte sich halb lächelnd zu mir um, zeigte auf das Gerät und erwartete zweifellos die Erklärung, ein Virus sei schuld. Aber als ich kleinlaut den Blick senkte, fing sie an, mit den Zähnen zu klappern. Das hatte sie noch nie getan, nicht mal beim Skifahren in den Alpen auf 2000 Metern Höhe, wo keine Tannen wachsen, wie man annimmt, sondern Fichten.

»Ich bin ein bisschen durcheinander«, murmelte ich, um das Schweigen zu brechen und ihren Blutkreislauf wieder in Gang zu bringen.

Sie warf einen weiteren entsetzten Blick auf meine Noten. Ganz großes Kino. Man hätte meinen können, es wäre ein Zeugnis von Heloise.

Gut dreißig Sekunden lang zappelte meine Mutter herum, als hätte man sie mit heißem Öl übergossen, dann beruhigte sie sich langsam mit kleiner werdenden Zuckungen. Ihr Versuch zu lächeln wurde von einem Würgen verhindert und endete in einem unverständlichen Krächzen.

»Was hast du gesagt, Mama?«, fragte ich mit meiner Kleiner-brauner-Bär-Stimme.

»Warum?«, brachte sie erschöpft hervor.

»Ich bin ein bisschen durcheinander«, wiederholte ich.

Da sie sah, dass sie nichts anderes aus mir herausholen würde, ließ sie mich mit meinem Kakao sitzen und ging rückwärts aus dem Wohnzimmer, ohne mich aus den Augen zu lassen. Vielleicht damit der Dämon, der offensichtlich in mich gefahren war, nicht fliehen und mir dabei die Eingeweide zerreißen konnte. Dann rief sie meinen Vater bei der Arbeit an, was sie noch nie getan hatte, außer um ihm die unmittelbar bevorstehende Geburt seiner Kinder anzukündigen.

»Max? Wir haben ein großes Problem«, hörte ich

sie sagen, bevor sie die Arbeitszimmertür hinter sich schloss.

Am Abend kam mein Vater früher als sonst nach Hause und lächelte mich die ganze Zeit an. Es war beklemmend, pausenlos diesem starren Lächeln ausgesetzt zu sein. Aber ich bin nicht eingeknickt. Ich habe die Miene des verstörten Pubertierenden keine Sekunde lang abgelegt. Sie haben nichts dazu gesagt, dass ich meinen Spinat nicht gegessen habe.

Heloise war nach dem Essen ganz zauberhaft zu mir. Sie hat mir verraten, dass unsere Eltern sie beauftragt haben, mir auf den Zahn zu fühlen. Fast hätte ich ihr alles gebeichtet. Es ist nicht leicht, so ein Geheimnis für sich zu behalten. Und plötzlich kam mir meine Schwester wohlwollend, freundlich und beinahe intelligent vor. Aber ich habe gerade noch rechtzeitig erkannt, dass ihr dieses Wissen eine gigantische Macht über mich verleihen würde. Mein einziger Mitwisser soll dieses Tagebuch sein.

»Ich weiß nicht«, habe ich gestöhnt. »Vielleicht liegt es an der Schule.«

Die Erklärung fand sie einleuchtend.

»Hmjoah. Der Schuppen ist ja auch oberfies.«

Ich transkribiere, so gut ich kann, die Worte meiner Schwester. Die Ethnologen, die in tausend Jahren, nach der bakteriellen Apokalypse, dieses Tagebuch ausgraben, werden ihre Ausdrücke in keinem Wörterbuch finden. Sie tun mir jetzt schon leid, aber das ist nun einmal ihr Job.

»Vor allem der Mathelehrer«, fügte ich hinzu.

»Der Kondor? Der kann mich nicht riechen. Und das lässt er jetzt an dir aus. Ist doch klar.«

Ich hätte gerne protestiert, weil meine Schwester sich mein harterarbeitetes Versagen aufs eigene Konto anrechnete. Aber es war klüger, nichts zu sagen. Alles, was meinen Plan bestätigte, kam mir gelegen.

»Ich hatte eigentlich Angst«, gestand sie mir, »dass du mich mit deiner Streberei total lächerlich machen würdest. Aber jetzt bin ich erleichtert.«

Ich nickte leicht stumpfsinnig, und sie sah mich beunruhigt an. Was, wenn sie auf die Idee kam, dass mir jemand Drogen verkauft hatte? Um diesen Gedanken nicht aufkommen zu lassen, warf ich mich in ihre Arme und brachte ein ziemlich überzeugendes Schluchzen hervor. Gerührt tätschelte sie mir den Kopf. Zum ersten Mal in meinem Leben berührte die Hand meiner Schwester meine Epidermis, ohne einen blauen Fleck zu hinterlassen.

16. September

Ich habe schon wieder eine ganze Woche lang nichts geschrieben. Das scheint mein natürlicher Rhythmus zu sein. Aber ich mache Fortschritte. Ich habe jetzt ein kleines Heft, in dem ich die wichtigsten Ereignisse und die Inhalte meiner Gespräche notiere.

Beginnen wir mit meinen Noten. Alles läuft bestens: Sie werden immer schlechter. Nur in Sport bewege ich mich im Durchschnitt. Denn erstens kann auch ein Faulenzer sportlich sein, und zweitens kann ich dann vielleicht irgendwann meine Eltern überreden, mich im Fußballverein anzumelden, um mein Selbstwertgefühl wieder aufzubauen.

Dank meiner schwachen Ergebnisse hat meine Mutter ganz mühelos zwei Kilo abgenommen. Mein Vater kommt früher von der Arbeit nach Hause, und meine Schwester lächelt und räumt den Tisch ab. Es gibt zwar keiner zu, aber unser Familienleben hat sich erheblich verbessert, seit ich schlechter geworden bin.

Mona ist ein außergewöhnliches Mädchen, und ich mag sie mit jedem Tag lieber. Ich habe auf alle meine Schnellhefter eine Mona Lisa gezeichnet. Ich glaube, sie hat die Botschaft verstanden. Wie vereinbart trage ich ihr die Tasche und fahre mit ihr Fahrstuhl. Leider hat unsere Schule nur zwei Stockwerke. Dafür ist die Fahrstuhlkabine winzig. Wir stehen einander ganz dicht gegenüber. Ich tue so, als würde ich ins Nichts starren, aber in Wahrheit betrachte ich ihren Nacken im Spiegel. Ich weiß nicht, ob sie es genauso macht. Diese Fahrstuhlfahrten bilden schweigsame Klammern um unsere Gespräche.

Wenn wir nicht gerade Fahrstuhl fahren, reden wir über alles Mögliche. Basile schließt sich uns an. Das ist perfekt, weil er nichts sagt und uns die Verlegenheit erspart, wie ein verliebtes Ehepaar auszusehen. Noch ein Vorteil: Meine Schwester bekommt nichts mit, weil sie uns immer zu dritt auf dem Schulhof sieht.

Allerdings stellt mich Monas Existenz, wenn sie auch meinen Aufenthalt in dieser trostlosen Einrichtung erhellt, vor unerwartete Probleme. Erstens sorgt sie sich um mein schulisches Fortkommen. Ich habe nichts gegen ihre Fürsorglichkeit, im Gegenteil, aber es gefällt mir nicht, dass sie mich mitfühlend ansieht, wann immer wir einen Test zurückbekommen, also beinahe täglich. Kann sich ein Mädchen ihres Kalibers ernsthaft in einen Loser wie mich verlieben? Werden nicht ihr Mitleid oder, noch schlimmer, ihre Verachtung, ihre Gefühle für mich vergiften? Diese Fragen beschäftigen sie auf unseren Fahrstuhlfahrten, da bin ich sicher. Vermutlich ist das auch der Grund, warum wir dort noch nicht geknutscht haben.

Gerade als mir der Gedanke kam, sie in meine Strategie einzuweihen und die Maske fallen zu lassen, sagte sie: »Ich kann alles verzeihen, nur keine Lügen. Lügen widern mich an.«

Also hielt ich den Mund.

Ich habe in den dicken Psychologiebüchern meiner Mutter gelesen, dass alle Menschen ein Unbewusstes haben und manchmal Dinge verstehen, ohne etwas davon zu wissen. Das muss mit Mona passiert sein. Unbewusst hat sie verstanden, dass ich ein dreckiger Lügner bin.

Aber mehr als alles andere bringt mich Engelberts Überheblichkeit auf die Palme. In jedem Test bekommt er zwei oder drei Punkte mehr als Mona. In Mathe ist ihre Rivalität am stärksten zu spüren, angeheizt vom Kondor. Das ist für mich schwer zu ertragen, weil ich ihn mit Leichtigkeit übertrumpfen könnte. Am Ende der Stunde ersinnt der Kondor immer eine besonders knifflige Aufgabe, eine hinterhältige Gleichung, eine komplizierte Figur. Engelbert beißt sich jedes Mal die Zähne daran aus. Und ich finde jedes Mal die Lösung und muss sie für mich behalten.

Dass Basile und ich in dieser Hochbegabtenklasse sitzen, macht alle Lehrer ratlos. Aber jetzt ist es zu spät, um einen Rückzieher zu machen. Der Dampfer ist abgefahren, und wir sind zwei blinde Passagiere auf dieser Galeere. Sie können uns nicht über Bord werfen.

Am Mittwoch haben meine Eltern einen ersten Schritt gemacht und mich zu einer Psychologin geschleppt. Ich war völlig ahnungslos. Sie hatten mir nichts von dem Termin gesagt. Ich hatte natürlich ihre geheimnisvollen Gesichter und das Flüstern bemerkt, das verstummte, wenn ich ins Zimmer kam, aber ich hatte es auf meinen neuen Lebenswandel geschoben. Ich hätte an ihren Mienen die Anzeichen elterlicher Heuchelei erkennen müssen, das beruhigende Lächeln, das sie zur Schau stellen, kurz bevor dir die Weisheitszähne gezogen oder die Mandeln rausoperiert werden. Sie baten mich nur, ins Auto zu steigen. Mein Vater sagte sogar »Hopp!« und klimperte mit dem Zündschlüssel, genau wie früher, wenn er mich zum Friseur fuhr, der mir immer genau den gleichen Haarschnitt verpasste, wie ihn die Mönche vorne auf der Camembertschachtel tragen.

Meine Mutter stieg ebenfalls ein. Die Angelegenheit war also schwerwiegend. Wir schnallten uns an. Ich stellte lieber keine Fragen. Wahrscheinlich wollten sie mich auf ein privates Internat mit mittelalterlichen Lehrmethoden verfrachten. Eine Einrichtung nach alter Schule mit körperlicher Züchtigung und Isolierzellen, aus der ich mit achtzehn völlig gebrochen wieder herauskommen würde. In der Zwischenzeit hätte Mona vor lauter Hoffnungslosigkeit Basile geheiratet.

»Wir sind gleich da«, erklärte meine Mutter.

Wenig später saßen wir in einem adretten Wartezimmer mit Kinderzeichnungen an den Wänden (verstörten Kindern vermutlich, nach den wilden, blutigen Kritzeleien zu urteilen).

Die Tür zum Behandlungszimmer öffnete sich, und eine fröhliche junge Frau trat heraus, die viel eleganter war als meine Mutter. Meine Eltern erhoben sich gleichzeitig, aber sie sagte nur: »Nils ist alt genug, um mir selbst zu erklären, was los ist.«

»Aber …«, begann meine Mutter.

»Bis später.«

Sie kannte meinen Namen. Das alles war also sorgfältig hinter meinem Rücken geplant worden. Sie hatte sich garantiert schon ihr Bild von mir gemacht, ihre Diagnose gestellt. Meine Strategie würde sie nicht täuschen. Sie war ein Profi. Am besten, ich gestand ihr alles sofort, damit sie mich nicht lange folterte.

Sie setzte sich hinter einen Schreibtisch, auf dem jede Menge Bücher und Papiere herumlagen. Ein großes weißes Telefon stand wackelig am Rand der Tischplatte und sah so aus, als würde es beim nächsten Klingeln hinunterstürzen. Sie ergriff einen Block und fischte einen Stift aus dem Durcheinander.

Sie wusste nicht, dass ich Psychologiebücher gelesen habe und über das Unbewusste Bescheid weiß. Jede meiner Bewegungen, jedes Zögern, jedes Räuspern, alles konnte ihr verraten, wer ich war: ein jämmerlicher Schauspieler, der seine Eltern quälte. Ich dachte an Mona und ihren Abscheu gegen Lügen.

»Woran denkst du?«

Sie war nicht nur Psychologin, sie hatte auch Superkräfte. Sie konnte erraten, was in meiner Seele los war. Ich atmete langsam ein und aus, um mich zu beruhigen.

»Ich bin hier, um dir zu helfen, Nils. Nicht, um dir Vorwürfe zu machen.«

Sie hatte meine Gedanken gelesen. Mir wurde klar, dass ich ihr im Gegensatz zu Mona alles sagen konnte, ohne dass sie verletzt oder verärgert wäre. Wieder war ich drauf und dran, alles zu beichten – doch dann riss ich mich zusammen. Mein Vorhaben würde mich noch vor viel härtere Proben stellen. Ich musste stark sein.

»Ich bin durcheinander«, murmelte ich und schluckte.

Diese drei Wörter schienen sie zu begeistern. Sie begann, wie verrückt auf ihren Block zu schreiben. Ermutigt schilderte ich ihr meine ersten Tage auf der neuen Schule und vor allem »meine Probleme«.

»Schläfst du gut?«

Was sollte ich darauf antworten? Natürlich, dass ich schlecht schlief. Dass ich Albträume hatte. Genau, Albträume! Super! Ich erzählte ihr, ich sähe ein schreckliches Monster, wenn ich die Augen schlösse, und beschrieb den Kondor. Sie schauderte.

»Also«, sagte sie schließlich. »Es ist vielleicht an der Zeit, deine Eltern hereinzubitten, meinst du nicht auch?«

Ich persönlich hatte keine Meinung zu dieser Frage. Ich zuckte mit den Schultern, und sie stand auf und öffnete die Tür. Meine Eltern kamen herein und machten todernste Gesichter, als wäre ich gerade aus jahrelanger Geiselhaft befreit worden.

»Und?«, fragte meine Mutter ein bisschen zu schnell, noch bevor sie sich gesetzt hatte. Ihre Stimme bebte vor Hoffnung und Angst.

Mein Vater ließ die Knöchel seiner Finger knacken.

»Auf Nils lasten zu viele Erwartungen«, antwortete die Psychologin, ohne zu lächeln.

Dann kniff sie die Augen zusammen und musterte meine Eltern nacheinander. Sie senkten die Köpfe. Mein Vater hüstelte.

»Geben Sie ihm etwas Freiraum. Er soll rausgehen, an die frische Luft, sich entspannen, spielen. Dinge tun, die seinem Alter entsprechen. Die Schule ist wichtig, aber sie darf nicht sein ganzes Leben bestimmen.«

Ihre Worte überliefen mich wie warmer, flüssiger Honig. Ein genmanipulierter Honig, der sofort verdunstet, damit man ihn sich nicht von der Haut schaben und dabei Haare ausreißen muss.

»Und ... seine Noten?«, fragte meine Mutter flehentlich.

»Machen Sie sich keine Sorgen. Ich schlage vor, wir treffen uns in ein paar Monaten wieder und sehen, wie sich die Lage entwickelt hat.«

Im Auto sagten meine Eltern nichts. Aber abends erlaubten sie mir, statt mich wie sonst um halb neun ins Bett zu schicken, einen Film zu gucken.

Ich machte vor Freude einen Luftsprung. Vielleicht konnte ich dank der Psychologin endlich meine Wissenslücken füllen. Meine Eltern haben mich nie die

Filme sehen lassen, die im Kino laufen, weil sie ihrer Meinung nach zu gewalttätig oder zu blöd sind. Ich habe keine Ahnung von *Spiderman* oder den *Fantastic Four*. Ich kenne weder Zombies noch Aliens. Gleich bei uns um die Ecke gibt es eine Videothek. Ich würde mich gar nicht entscheiden können.

»Der Geschichtskanal sendet einen Dokumentarfilm über die Restauration romanischer Kirchen. Ich habe in der Zeitung gelesen, dass er sehr gut sein soll«, verkündete meine Mutter und schaltete den Fernseher ein.

Dann setzten sich meine Eltern aufs Sofa und ließen zwischen sich eine kleine Lücke für mich frei.

Heloise erklärte, sie habe Kopfschmerzen, und verzog sich in ihr Zimmer.

20. September

Es ist etwas Unglaubliches passiert. Mona hat mich zu sich nach Hause eingeladen.

Sie hat mich ganz beiläufig gefragt, ob ich nicht mal nachmittags zu ihr kommen wolle, als wir in der Cafeteria saßen und Äpfel schälten. Dieses Ereignis, das in meinen Augen historischer ist als die Gründung Roms (753 v. Chr.), war für mich der Beweis, dass mein Leben als Versager einfach besser ist, und vor meinen Augen erblühten Felder voller Rosen und Sträuße aus Glück. Von jetzt an würde ich meine Zeit damit verbringen, Fußball zu spielen, *richtige* Filme zu schauen (ich habe meinen Eltern erklärt, dass romanische Kirchen meine Depressionen verschlimmern) und mit Mona in ihrem Zimmer zu knutschen.

»Wir werden gemeinsam die Grundrechenarten wiederholen«, fügte sie hinzu. »So kann das nicht weitergehen. Das ist zu peinlich. Ich habe ein Übungsprogramm für dich vorbereitet. Wenn du dich anstrengst, bringen wir dich in ein paar Wochen auf das Niveau eines Sechsjährigen.«

Das sagte sie mit aufrichtigem Mitleid. Ich willigte

ein. Und ohne ein weiteres Wort darüber zu verlieren, verspeisten wir einträchtig unsere Äpfel.

Am frühen Nachmittag fuhr meine Mutter mich zu Mona. In letzter Zeit habe ich Schwierigkeiten, die Frau, die mich auf die Welt gebracht hat, wiederzuerkennen. Kaum habe ich eine Bitte formuliert, sagt sie schon ja. Als wäre ihre Fähigkeit, ja zu sagen, so lange gebremst worden, dass sie sich jetzt bei jeder Gelegenheit Bahn bricht. Heloise profitiert natürlich auch davon. Sie geht noch öfter aus als sonst. Sie geht tanzen und trifft sich mit einem Typen mit Irokesenfrisur, der seinen Motorroller unter meinem Fenster knattern lässt. Ich bin ja nicht sicher, ob so viele Freiheiten gut für ein junges Mädchen sind.

Ich landete also, ohne genau zu wissen, wie mir geschah, bei Mona im Wohnzimmer. Ihre Mutter begrüßte meine Mutter sehr eifrig und, so schien es mir, etwas mitleidig. Man merkte ihr an, dass sie die Vorstellung schrecklich fand, einen Idioten wie mich zum Sohn zu haben. Sie redete mit mir wie mit einem kleinen Wilden, den man nach Jahren unter Wölfen im Wald gefunden hat.

»Du bist also der berühmte Nils?«, fragte sie und sprach sehr deutlich, damit ich sie auch verstand.

Ich nickte, und meine Mutter nickte ebenfalls. Wir

nickten gleichzeitig mit dem Kopf, und Monas Blick sagte mir, selbst wenn sie sich eines Tages in mich verlieben sollte, würde sie sich gut überlegen, ob sie ihre Gene mit meinen vermischen wollte. Glücklicherweise nahm sie mich schnell bei der Hand und ließ ihr sagenhaftes Lächeln aufblitzen, das ich schon erwähnt habe.

»Wir haben zu tun.«

Die Tür ihres Zimmers schloss sich hinter uns. Ich verschwendete keinen weiteren Gedanken an meine Mutter.

»Setz dich«, befahl sie und zeigte auf ihren Schreibtisch.

Abgesehen von einem großen Poster von Einstein, der die Zunge rausstreckt, verriet nichts ihre Leidenschaft für Mathematik. Die Wände waren mit Postern von schauerlichen Popsängern behängt.

»Fangen wir mit dem kleinen Einmaleins an. Drei mal zwei?«

Ich kratzte mich am Kopf. Es fiel mir schwer, vor ihr Theater zu spielen, allein mit ihr in ihrem Zimmer, an ihrem Schreibtisch, den sie offensichtlich für mich aufgeräumt hatte. Ein schöner Schreibtisch aus hellem Holz, der nach Wald duftete. Ich bekam Lust, mit ihr durch den Wald zu spazieren und ihr die Hand zu reichen, um ihr über Wurzeln und Baumstümpfe zu helfen. Wir könnten uns eine Hütte bauen und glücklich darin alt werden.

»Gut, ich sehe schon«, sagte sie seufzend. »Lassen wir es langsamer angehen. Ein mal zwei?«

Die Stunde dauerte lange. Ich musste mein Zögern dosieren, um glaubhaft zu wirken. Ihr Gesicht erstrahlte, wenn ich eine Frage richtig beantwortete, die für einen Vorschüler schwierig gewesen wäre.

»Du wirst es schaffen, ich bin sicher!«, rief sie.

Sie war geduldig, methodisch und mit Begeisterung bei der Sache. Als könnte sie sich in mich hineinversetzen und meine angeblichen Schwierigkeiten nachempfinden. Plötzlich wurde mir klar, dass ihre Freude an meinen Fortschritten sie an ihre eigenen Anstrengungen erinnerte, laufen zu lernen, als sie klein war. Anstrengungen, die nicht gespielt waren. Ich bekam einen Kloß im Hals. Ich schämte mich.

Gegen meinen Willen hatte ich ihre Füße angestarrt, und sie lächelte. »Willst du es immer noch wissen?«

Ich versuchte, noch etwas dämlicher auszusehen, aber auf dem Niveau, auf dem ich mich befand, wurde das schwierig. »Was wissen? Wie viel zwei mal zwei ist?«

»Warum ich hinke.«

Ich zuckte mit den Schultern.

»Ich wurde zu früh geboren. Mein Nervensystem war noch nicht ausgereift.«

Ich machte ein Gesicht, als bemühte ich mich, das Problem zu verstehen.

»Siehst du«, fügte sie hinzu. »Eile kann uns langsamer machen. Ich hätte noch ein paar Wochen im warmen Bauch bleiben sollen. Aber weißt du, mein Leben ist fast normal. Ich muss mich nur damit abfinden, dass ich keine Mondscheinwanderungen machen, nächtelang tanzen oder Marathon laufen kann.«

Sie sah traurig aus, und ich wand mich unbehaglich auf meinem Stuhl. Sie lächelte. »Reicht es dir?«

Ich nickte.

»Ich verlange auch viel von dir«, stellte sie fest. »Kannst du bis zum nächsten Mal das Einmaleins mit der Zwei üben?«

»Bis zum nächsten Mal.« Es würde ein nächstes Mal geben! Diese Aussicht half mir, meine Niedergeschlagenheit zu überwinden. Ich versprach ihr, es zu versuchen. Dann unterhielten wir uns, und die Stunden vergingen im Flug, bis unsere Mütter die Köpfe zur Tür hereinsteckten.

»Hat alles geklappt?«, fragte meine Mutter.

»Aber ja!«, bestätigte Mona.

Ich schloss daraus, dass sie sich in meiner Gesellschaft nicht gelangweilt hatte. Da war wirklich etwas zwischen uns. Aber sie wäre nie bereit, sich in einen Schwachkopf zu verlieben. Fast hätte ich sie gefragt, welche Noten ich brauche, damit sie mich küsst.

Im Auto dachte ich über all das nach, was sie mir erzählt hatte. Zuerst hatten ihre Worte mich nur in Erstaunen versetzt, aber anders als Kaugummi gewinnen Worte an Geschmack, je länger man sie kaut. Monas Worte hallten in mir nach. Sie will Schriftstellerin werden. Bei jeder Gelegenheit macht sie sich Notizen und denkt sich Geschichten aus. Unsere Schule inspiriert sie. Sie stellt sich vor, dass der Kondor ein Geheimagent aus einem Paralleluniversum ist, der zu uns geschickt wurde, um die intelligentesten Kinder auszuwählen und in sein Reich zu entführen. Ein Paralleluniversum, in dem die Menschen immerzu arbeiten müssen, um Wissenschaft und Technik voranzubringen.

Und dann, hatte sie erklärt, würde der Kondor die Erinnerungen an die entführten Kinder löschen. Niemand würde sich an sie erinnern. Ihre Fotos würden verblassen. Aber ein mutiger Schüler würde dahinterkommen und sich auf die Suche nach den verschwundenen Kindern machen. Er wäre kein Überflieger. Auf den ersten Blick würde er sogar etwas zurückgeblieben wirken. Die anderen würden ihn für einen Idioten halten. Aber er wäre der Einzige, der das Geheimnis lösen könnte.

»Ich glaube, ich weiß, wen du meinst«, warf ich hoffnungsvoll ein.

»Klar. Basile ist nicht zu verkennen. Aber ich gebe ihm einen anderen Namen.«

Auf der Rückfahrt im Auto, in Gedanken bei Monas zukünftigen Romanen, habe ich mich endgültig in sie verliebt. So ist das bei mir. Ich verliebe mich stückweise. Die Liebe wächst wie ein Sandhaufen. Sandkorn für Sandkorn. Irgendwann bemerkt man es dann. Man sagt sich: »Da ist ja ein Sandhaufen.« So ist es auch bei mir. Plötzlich merke ich, dass es Liebe ist. Und ich beginne zu leiden.

Ich schaute meine Mutter durch einen warmen Schleier hindurch an, der sie verschwommen wirken ließ. Sie drehte sich zu mir, und was sie sah, schien sie zu beunruhigen. »Geht es dir nicht gut? Du siehst irgendwie komisch aus.«

In dieser Sekunde fehlte Mona mir schrecklich, und mit ihr fehlten mir ihr Zimmer, ihr Schreibtisch, ihre

Poster, ihr Einstein und ihr Einmaleins. Fast hätte ich meine Mutter gebeten, mich zurückzufahren. Vielleicht könnte ich mit Hilfe der Psychologin Monas Familie dazu bringen, mich zu adoptieren?

»Nils? Was ist los?«

Ich riss mich zusammen. Warum war ich seit dem Eintritt ins Gymnasium nicht mehr in der Lage, den Leuten um mich herum die Wahrheit zu sagen?

»Nichts«, grummelte ich. »Wir haben nur so viel gebüffelt.«

»Musst du diese ... Umgangssprache verwenden? Ich erkenne dich gar nicht wieder, Nils.«

Manchmal lugte meine alte Mutter unter der neuen hervor und drohte, die Oberhand zu gewinnen. Ich musste mein Schmollen verstärken. Ich dachte daran, wie Heloise reagierte, wenn man ihr Vorwürfe machte.

»Lass mich«, maulte ich gereizt. »Ist gut jetzt!«

Perfekt. Aus meinem Mund klangen diese harmlosen Sätze wie die übelsten Flüche. Das Kinn meiner Mutter zitterte. Wie konnten so rohe Worte über meine Lippen kommen? War ich denn nicht ihr kleiner Hase? Ihr Schätzchen? Ihr Mausezähnchen? Würde ich etwa, wie alle anderen, unter Akne verschwinden, auf den Bürgersteig spucken und mich beim Telefonieren lachend auf dem Teppich wälzen? Was hatte sie bei meiner Erziehung falsch gemacht? Diese Fragen plagten sie, bis wir nach Hause kamen, und ich konnte ungestört an Mona denken.

Nach dem Essen war ich immer noch so aufgewühlt, dass ich einen Fehler gemacht habe: Ich vertraute mich Heloise an. Ich weiß selbst nicht, wie es dazu kommen konnte. Ich ging in ihr Zimmer. Sie hörte Musik und tanzte. Ich nahm ihr die Kopfhörer ab, und bevor sie protestieren konnte, erzählte ich ihr von Mona. Ich war noch längst nicht fertig, als es auch schon Mitternacht war. Unsere Eltern baten uns höflich, ins Bett zu gehen, weil Schlafmangel zu Fettleibigkeit und Diabetes führen kann, aber wir wimmelten sie ab. Ermutigt durch meine Beichte, schüttete Heloise mir ihrerseits das Herz aus. Sie erzählte mir, dass sie einen Freund hat, mit dem sie sich oft heimlich trifft.

Er heißt Hippolyt.

Ich weiß nicht, warum – die Anspannung, die Müdigkeit –, aber ich wieherte:

»Hippolyt! Was für ein bescheuerter Name!«

Woraufhin sie mir einen tödlichen Blick zuwarf. Ich war ins Fettnäpfchen getreten. Wenige Sekunden später war ich auch schon in meinem Zimmer, mit einer roten, brennenden Wange. Mein Stolz verbot mir, zu ihr zu gehen und mich zu entschuldigen.

Aber im Ernst, Hippolyt ist echt ein bescheuerter Name.

23. September

Ich muss an dieser Stelle eine Geschichte erzählen, auf die ich nicht besonders stolz bin, die aber extrem komisch ist. Mona und ich nennen sie die »Wildschweinaffäre«.

Mir war aufgefallen, dass Engelbert vor jeder Klassenarbeit unauffällig eine Hand in seinen Rucksack schob und einen Augenblick darin verweilen ließ, bevor er zu seinem Stift griff. Es sah so aus, als würde er etwas streicheln. Einmal meinte ich, ein kleines braunes Stück Fell gesehen zu haben, wie von einem Kätzchen. Hatte dieser Irre etwa ein unschuldiges Tier in seiner Tasche versteckt, dem er vor jedem Test den Schädel kraulte? Gewinner sind ja manchmal sehr abergläubisch. Hatte ich seine Schwäche entdeckt?

Es war nicht schwer, in der Pause als Letzter den Raum zu verlassen und mit ein paar flinken Bewegungen seinen Ranzen zu untersuchen. Richtig getippt. Ich bekam sofort etwas Weiches, Haariges zwischen die Finger, das ich unter meinem Pulli versteckte. Kein Maunzen oder Kratzen. Komischer Stoff, abgewetzte Oberfläche.

Ich schloss mich auf dem Klo ein, um meine Beute in Augenschein zu nehmen. Im grünlichen Licht der Toilettenräume jagte mir der Gegenstand einen Schauer über den Rücken. Ein verklebtes Auge richtete sich auf mich. Das andere Auge war nur noch ein Loch, aus dem flockiges Füllmaterial quoll. Trotz des abgerissenen Ohrs und des allgemein mitgenommenen Zustands erkannte ich ein Wildschwein. Ein sehr altes Wildschwein. Ein Stofftier der Art, das man zur Geburt bekommt und das daraufhin jahrelange Foltern ertragen muss.

Engelbert trennte sich also nie von seinem alten Freund. Er brauchte ihn, um sich den Anforderungen des Unterrichts zu stellen. Ohne ihn war er verloren. Und jetzt hatte ich ihn in meiner Gewalt.

Vielleicht hätte ich nachdenken sollen, bevor ich dieses Wissen als Druckmittel einsetzte. Oder mit Mona reden sollen. Wenn Engelbert nicht so arrogant über den Hof stolziert wäre, wenn er mich nicht wie üblich höhnisch angelächelt hätte, hätte ich ihm sein Schwein bestimmt wieder in den Rucksack gesteckt. Aber so siegte das Teufelchen auf meiner Schulter über mich.

In der nächsten Stunde mussten wir einen Aufsatz schreiben. Engelbert fühlt sich mit Wörtern nicht ganz so wohl wie mit Zahlen. Er würde ein bisschen Unterstützung nötig haben. Ich behielt das Wildschwein in meinem Rucksack, um zu sehen, wie er reagierte.

Und wirklich, kaum hatten wir die Aufgabe bekommen (*Erzählt eine Geschichte unter Berücksichtigung der vierzig Phasen des narrativen Schemas*), steckte er eine Hand in seinen Rucksack. Ich beobachtete diese Hand aufmerksam. Sie wirkte irgendwie lebendig. Erst bewegte sie sich zum Boden des Rucksacks, wo das Kuscheltier normalerweise lag. Nichts. Augenblickliche Panik. Die Hand begann, aufgeregt herumzutasten, zwischen Heften und Ordnern und Blättern und Stiften. Nichts. Sie tauchte wieder auf, und Engelbert betrachtete sie fragend. Dann schickte er sie mit einem kurzen Nicken zurück in die Tiefen des Rucksacks. Neuerliches Wühlen, gründlicher und geräuschvoller. Die Lehrerin runzelte die Stirn. Alle anderen hatten bereits mit ihren Aufsätzen begonnen und Phase 2 des narrativen Schemas erreicht, das störende Ereignis, nachdem sie die Rahmenhandlung sorgfältig skizziert, die Orte beschrieben und den Helden in Szene gesetzt hatten (fast immer einen armen, aber mutigen Bauernsohn, von dem sich an seinem achtzehnten Geburtstag herausstellt, dass er ein Prinz ist, der als Baby von Raubrittern entführt und von aufopferungsvollen

Bauern aufgezogen wurde, und der ungefähr in Phase 20 die Prinzessin heiratet).

Engelbert hatte noch immer nichts geschrieben. Seine Hand schabte am Stoff seines Rucksacks. Ein abgegriffener Zauberwürfel fiel auf den Boden, und einige Leute stöhnten genervt. Basile wirkte verblüfft, ausnahmsweise einmal nicht für das Herabfallen eines Gegenstandes verantwortlich zu sein. Engelbert zitterte. Ich war mir mittlerweile sicher: Ohne sein Schwein war er nichts. Seiner Kräfte beraubt. Natürlich hätte es genügt, ihm sein Schwein nie zurückzugeben, um ihn ein für alle Mal unschädlich zu machen, doch der Teufel trieb mich noch weiter. Ich hob das Schwein hoch, schwenkte es durch die Luft und fragte laut und deutlich: »Suchst du vielleicht das hier, Engelbert? Es ist vorhin aus deinem Rucksack gefallen.«

Alle Blicke richteten sich auf den fraglichen Gegenstand. So im Mittelpunkt der Aufmerksamkeit, wirkte es sogar noch hässlicher. Ein jämmerliches, vollgesabbertes, quasi arm- und beinloses Ding.

Ich war gespannt, ob er zu seinem alten Freund stehen würde. Er zögerte. Für mich waren das lange Sekunden der Wonne. Doch die dunklen Mächte, die ihn an seinen Fetisch fesselten, waren stärker. Vielleicht stellte er sich vor, wie er sich ohne Hilfe seines kleinen

Freundes dem Leben stellen musste. Panik verzerrte sein Gesicht. Er streckte einen zitternden Arm nach seinem Schwein aus, und ich reichte es ihm mit einem freundlichen Lächeln.

Die Lehrerin erstickte mit einem Schlag auf den Tisch das Gelächter.

Engelbert begann, sehr schnell zu schreiben. Ich bin sicher, den Prinzen in seiner Geschichte erwartete nicht das glücklichste Schicksal.

Und was mich betrifft, so habe ich mir einen Todfeind gemacht.

24. September

Ich bin in einer verzweifelten Lage. Die Ereignisse haben sich überschlagen.

Alles begann mit den Vorbereitungen auf den Mathe-Wettbewerb.

Der Kondor hatte verkündet, dass er jedes Jahr ein Mathe-Turnier organisiert, an dem alle Schüler des Gymnasiums teilnehmen können und bei dem der Mathe-Champion der Schule gekürt wird. Zu Ehren des glücklichen Siegers wird in der Schulaula eine Feier abgehalten, und die Bank, die das Turnier sponsert, eröffnet für den Gewinner ein Konto mit einer bestimmten Summe, die er nach seinem achtzehnten Geburtstag verwenden kann, wie er will. Die meisten der ehemaligen Sieger haben ihr Studium mit Bestnoten abgeschlossen. Sie haben beneidenswerte Jobs in angesehenen Unternehmen. Ihre Namen stehen auf einer Ehrentafel auf dem Schulhof.

Wir hatten bereits von diesem Turnier gehört, aber bis jetzt hatte kein Schüler gewagt, darüber zu reden. Traditionell nehmen nur die Besten an dem Wettbewerb teil. Man meldet sich nicht einfach zum Spaß an. Aber aus demokratischen Gründen bereitet der Kondor alle Schüler darauf vor und lehnt keine Bewerbung ab.

Ich sah, wie Mona und Engelbert sich mit den Blicken maßen, als der Kondor feierlich die Regeln des Wettkampfs erläuterte. Er besteht aus einer einzigen Aufgabe, einem Problem, das der Kondor persönlich während der Sommerferien in den langen Stunden seiner Alpenwanderungen ausheckt. Angeblich regt die Bergluft seine Phantasie an. Er denkt sich Probleme mit tropfenden Wasserhähnen und kaputten Badewannen aus, mit verspäteten Zügen, Gegenwinden oder Zeitzonen. Er spickt seine Aufgaben mit falschen Fährten und überflüssigen Informationen. Es reicht nicht, gut rechnen zu können. Seine Aufgaben erfordern Vorstellungskraft, Feingefühl, Intuition und Vorsicht. Und wenn mehrere Schüler auf das richtige Ergebnis kommen, gibt die Eleganz des Lösungswegs den Ausschlag.

Der Kondor redete mit leuchtenden Augen. Und die Augen von Mona, die ihm aufmerksam lauschte, strahlten förmlich. Ich hatte ja geahnt, dass sie sich für das Turnier interessieren würde, aber nicht, dass es sie regelrecht hypnotisieren würde. In diesem Augenblick hatte sie mich fast vergessen. Engelbert warf ihr ein spöttisches Lächeln zu. *Träum schön, Kleine*, schien es zu sagen. *Du weißt doch, dass du höchstens Zweite wirst.*

Er hatte recht.

Ich war der Einzige, der ihn schlagen konnte, das stand außer Frage.

In der Pause gab ich mir Mühe, Mona zu trösten.

»Wenn Engelbert gewinnt, nimmt der Kondor ihn und die anderen Genies mit ins Paralleluniversum.«

»Welches Paralleluniversum?«, fragte Basile.

»Das ist nur so eine Idee. Aus Monas Roman …«

Ich hatte keine Zeit, mehr zu sagen. Sie drehte sich wutentbrannt zu mir um. »Na toll! Super, wie du ein Geheimnis für dich behalten kannst. Vielen Dank.«

Sie rauschte davon, so schnell sie konnte, und erklärte, sie könne sehr gut ohne mich Fahrstuhl fahren. Zu allem Überfluss tauchte in diesem Augenblick meine Schwester auf (sie spionierte uns nach), schnaubte, wie es ihre Art ist, durch die Nase und machte ein Gesicht wie Gollum. »Da ist wohl die Kacke am Dampfen!«

Basile warf ihr einen verblüfften Blick zu, dann drehte er sich wieder zu mir. »Welches Paralleluniversum?«

Plötzlich machte es mich wütend, dass alles auf einmal schieflief. Ich fing an, Basile anzuschreien. Er nickte dazu mit dem Kopf. Die nervenaufreibende Haltung des Opfers. Ich musste ziemlich viel verbale Gewalt aufbringen, um mich halbwegs zu beruhigen. Ich glaube, ich habe ihn unter anderem Spatzenhirn genannt, aber ich bin mir nicht sicher. Jedenfalls stimmte er mir traurig zu, und ich hasste mich selbst dafür. Es ist mir immer unangenehm, nach eingehender Betrachtung festzustellen, dass ich allein für meine Probleme verantwortlich bin.

Aber das ist noch nicht das Schlimmste.

Nach der Pause erwartete uns eine böse Überraschung. Die Geschichtslehrerin war krank, und an ihrem Platz thronte der Kondor.

»Nur keine Panik! Die Stunde ist nicht verloren. Ich habe mich bereit erklärt, mich um euch zu kümmern. Zum Glück habe ich für alle Fälle immer ein paar Übungsaufgaben dabei. Also an die Arbeit! In fünfundvierzig Minuten sammele ich die Blätter wieder ein.«

Er verteilte die Aufgaben. Niemand protestierte.

Und dann nahm die Katastrophe ihren Lauf. Ich war nicht ganz bei der Sache. Mona war anscheinend sauer auf mich, und das war ungerecht. Basile hatte mir anscheinend verziehen, und das war noch schlimmer. Ich war unkonzentriert und mit den Gedanken ganz woanders. Meine Hände schrieben von allein. Ein Teil meines Gehirns kümmerte sich um die Aufgaben, der andere Teil flog irgendwo im Nebel herum. Monas Zimmer stand mir vor Augen wie ein Königreich, dessen Tore sich für immer vor mir verschlossen hatten. Ich dachte an Mona als zu früh geborenes Baby mit ihren winzig kleinen Beinchen. Und der Kondor? Wie hatte der wohl in Windeln ausgesehen? Ich fragte mich, ob es überhaupt schon Pampers gab, als er auf die Welt kam. Vielleicht war er in irgendwelche Tücher gewickelt worden, wie die Neugeborenen im Mittelalter, die ich einmal auf Gemälden im Louvre gesehen habe, als Heloise in den Asterix-Park fahren durfte und ich ins Museum musste.

Wegen dieser Träumereien merkte ich nicht, wie die Zeit verging. Und ich erkannte die Katastrophe erst, als ich mein Blatt abgab.

Ich hatte die korrekten Lösungen aufgeschrieben.

Ich war automatisch allen Fallen ausgewichen, die der Kondor gestellt hatte, obwohl seine Aufgabe besonders hinterhältig war, um alle Angeber abzuschrecken, die darüber nachdachten, sich am Wettbewerb anzumelden, ohne gut genug zu sein.

Ein einziger Moment des Kontrollverlusts hatte mich verraten.

Ich kniff die Augen zusammen, als mein Blatt auf dem Stapel landete, in den Klauen unseres Folterknechts. Glücklicherweise hatte er noch keinen Blick darauf geworfen. Was mich betraf, so hatte er sich sein Bild längst gemacht. Ich fing an zu schwitzen. Zu allem Überfluss lächelte Mona mir auch noch schüchtern zu. Die Botschaft war klar: Es tat ihr leid, dass sie vorhin so ausgerastet war, und sie wollte sich bei mir entschuldigen. Ich hatte also nicht einmal den Trost, dass ich, wenn der Kondor mir meine Aufgabe zurückgab und meine Lügengeschichten enthüllte, ohnehin schon mit ihr zerstritten wäre.

Alle Anstrengungen umsonst. Mein ganzes Versagen zunichtegemacht.

Meine Zukunft erschien mir in den schrecklichsten Farben, schwarz wie ein vertrocknetes Radieschen im grellen Licht des Kühlschranks. Ich würde mich mit meinen Eltern versöhnen. Sie würden alle Annehmlichkeiten zurücknehmen, die ich mir erkämpft hatte. Der Fernseher würde für immer verlöschen. Ich würde nur noch traurig die monotone Erfolgsleiter hochklettern müssen. Und Mona würde mich hassen.

Nein!

Noch hatte ich eine Chance. Eine winzige.

Hastig nahm ich ein neues Blatt und kritzelte ein

paar abwegige Rechnungen darauf. Ich musste unbedingt einen Weg finden, um dieses Blatt mit dem anderen zu vertauschen. Es war machbar. Wir mussten zum Mittagessen in die Cafeteria, und ich wusste, dass der Kondor in der Klasse bleiben würde, um unsere Arbeiten zu korrigieren. Dieser Vampir ernährte sich von roter Tinte. Eine andere Nahrung brauchte er nicht.

»Du musst mir helfen«, flüsterte ich Basile beim Aufstehen ins Ohr.

Sein Gesicht leuchtete auf. Basile liebt es, anderen zu helfen, aber es bittet ihn nie jemand darum.

»Du musst den Kondor irgendwas fragen.«

»Fragen? Was denn?«

»Irgendwas … irgendwas über Wolken.«

Wir ließen alle anderen aus der Klasse gehen. Mona sah mich erstaunt an, weil ich ihr nicht folgte, aber sie sagte nichts. Der Kondor legte den Stapel Arbeitsblätter sorgfältig im rechten Winkel auf den Tisch, und man sah ihm die Vorfreude an, sich gleich darauf zu stürzen. Sein alter grünlicher Mantel, den er über die Lehne seines Stuhls geworfen hatte, erweckte im Gegensatz zu seinem aufgeräumten Tisch einen nachlässigen, ungepflegten Eindruck.

Hochkonzentriert ging Basile ans Fenster. Überrascht wandte der Kondor den Kopf zu ihm um und runzelte die Stirn. Ein Schweißtropfen rann mir über den Nacken, während ich mich möglichst unauffällig dem Lehrertisch näherte.

»Was ist los, Basile? Hast du eine fliegende Untertasse gesehen?«

Basile warf mir einen fragenden Blick zu. Die fliegende Untertasse wäre vielleicht keine schlechte Idee? Aber ich schüttelte den Kopf. Er sollte sich an die Wolken halten, sein Spezialgebiet.

»Monsieur, kennen Sie Cumulonimbuswolken?«

Der Kondor zögerte und schien zu überlegen, ob es sich um einen Scherz handelte. Vielleicht war ich gerade dabei, die Szene mit meinem Handy zu filmen. Sehr unwahrscheinlich. Er hatte es schließlich mit den beiden Klassenidioten zu tun, und er traute uns nicht genügend Grips zu, um einen Plan zu schmieden. Es wollte ihm einfach nur ein etwas einfältiger Schüler eine Frage über Cumulonimbuswolken stellen, weil er glaubte, dass ein Mathelehrer sich auch mit anderen Naturwissenschaften auskennt. Und der andere Schüler, nicht weniger einfältig, wartete auf seinen Freund.

»Wolken«, wich er der Frage aus, »sind schon ein faszinierendes Phänomen.«

Er wandte mir den Rücken zu. Jetzt hieß es handeln.

Mit zitternden Fingern schnappte ich mir die Aufgabenblätter. Mittlerweile rann mir der Schweiß in die Augen, und ich sah die Namen nur verschwommen.

»Die Große da hinten«, sagte Basile, »würden Sie sagen, das ist eine? Ich bin nicht sicher, ob sie sich hoch genug auftürmt.«

Ich sah Monas Arbeitsblatt in meinen Händen. Ihre perfekte Handschrift. Ein perfekter runder Punkt auf jedem i. Mit der linken Hand umklammerte ich das gefälschte Lösungsblatt. Endlich fand ich meine Arbeit. Ich zog vorsichtig an einer Ecke, aber Engelberts Blatt kam mit, es schien sich daran festzuklammern, als brauchte es Verstärkung.

»Schon komisch, dass dir der Unterricht so schwerfällt«, bemerkte der Kondor. »Du scheinst wirklich eine wissenschaftliche Neugier zu haben.«

Schweigen machte sich breit. Basile gingen die Ideen aus. Ich hatte ihm nicht gesagt, was ich vorhatte oder wie viel Zeit ich brauchte. Zu meinem Pech drehte er sich für den Bruchteil einer Sekunde zu mir. Als er sah, dass ich ein Blatt in den Stapel schob und ein anderes herauszog, machte er große Augen. Der Kondor bemerkte seinen Blick, und mit dem sechsten Sinn eines Lehrers wirbelte er herum.

Was dann geschah, vollzog sich in albtraumhafter

Zeitlupe. So ungefähr muss es bei einem schweren Unfall sein, der berühmte Moment, in dem unser ganzes Leben an uns vorbeizieht, und dann kommt der große Knall.

Ich hatte es fast geschafft. Ich hatte den falschen Zettel in den Stapel geschoben. Ich musste den Stapel nur noch ordentlich auf den Tisch legen, um die Spuren zu verwischen. Wenige Sekunden hätten gereicht. Aber so musste der Kondor sofort bemerken, dass der Stapel anders lag als vorher.

Ich weiß nicht, wie ich auf die Idee kam. Es war nicht mal eine Idee. Eher ein Impuls. Schlimmes durch noch Schlimmeres vermeiden. Ich stürzte mich nach vorn auf den grünlichen Mantel auf der Stuhllehne und wirbelte dabei den Stapel durcheinander. Ich wühlte in der Manteltasche. Meine Hand fand etwas darin. Ein Päckchen Zigaretten. Ich schnappte mir eine Zigarette und steckte sie mir in den Mund.

Als der Kondor sich ganz umgedreht hatte, sah er mich, mit wirrem Haar, eine Zigarette im Mundwinkel, und die verstreuten Blätter auf seinem Tisch. Er brauchte fast eine Minute, um herauszubringen: »Du … Du … du klaust mir eine Zigarette, während dein Freund mich mit Cumulonimbuswolken ablenkt?«

Ich nickte.

Ich war gerettet. Er kümmerte sich überhaupt nicht mehr um die Arbeitsblätter.

»Das ist alles meine Schuld«, beteuerte Basile.

25. September

Mein Vater übernahm die Standpauke.

Meiner Mutter hatte es die Sprache verschlagen, als die Schule anrief, um sie über meine neueste Schandtat zu informieren. Ich war dabei. Ich sah sie den Mund öffnen, aber nichts kam heraus. Dann legte sie auf, schickte meinem Vater eine Nachricht und ging nach oben in ihr Zimmer, wo sie sehr lange blieb. Sie erschien nicht mal zum Abendessen.

Mein Vater kam früh nach Hause, die Stirn in seiner üblichen Schlechtwettermiene gerunzelt, mit gekräuselten Lippen, als müsste er gegen seinen Willen eine schmutzige Scheibe küssen.

»Ich verstehe nicht«, sagte er, »wie du auf so eine groteske Strategie verfallen konntest, um an eine Zigarette zu kommen.«

Er schien sich in erster Linie über meine Ungeschicklichkeit zu ärgern. Er hätte sich seinerzeit vermutlich fähiger angestellt, um an Zigaretten zu kommen, aber das konnte er mir natürlich nicht sagen. Wenn ich schon den Weg des Schulversagers eingeschlagen hatte, und damit den Weg der Kriminalität und des Drogenhandels, würde ich wohl etwas ausgebuffter werden müssen, wenn ich es irgendwann mit der Mafia aufnehmen wollte.

»Es tut mir leid«, murmelte ich.

Er schüttelte den Kopf.

»Deine Mutter und ich«, brüllte er, »wir lieben dich!«

Ich zuckte zusammen und nickte schnell. Er wirkte erleichtert, diesen Punkt geklärt zu haben. Ich sparte mir das »Ich euch auch«, obwohl ich es dachte. Aber das war ja auch gar nicht das Problem.

»Du kommst jetzt mit«, kommandierte er.

Er setzte mich vor seinen Computer, ein uraltes Gerät von 2010 mit einem riesigen Tower und einer Maus. Er rief eine medizinische Dokumentation über die Folgeschäden des Rauchens auf. Wir sahen sie uns von vorne bis hinten an, einschließlich der schwarzen Zähne, der geschädigten Organe und der roten Augen. Und wir hörten uns das Husten an.

»So.«

Er sah mich lange an. Ich hielt seinem Blick eine ganze Weile stand, doch dann senkte ich die Augen.

»Ich will nie wieder etwas vom Rauchen hören«, erklärte er.

Er wiederholte das *nie wieder* noch einmal, decrescendo, und ging die Treppe hoch, um Mama zu beruhigen.

Ich bin noch einmal davongekommen. Die Schulleitung hat die Geschichte fallengelassen, und ich bin einem Disziplinarverfahren entgangen. Glücklicherweise hat der Kondor Basiles Beteuerungen, es sei alles seine Schuld, nicht ernst genommen. Und mir wurden lediglich ein paar Arbeiten für das Gemeinwohl aufgebrummt. Ich musste dem Hausmeister beim Fegen des Schulhofs helfen. Es war mir etwas unangenehm, dass sein Beruf als Strafe angesehen wird, aber er wirkte nicht gekränkt. Im Gegenteil, er schien sich zu freuen, dass ich ihm Gesellschaft leistete. Er benutzt eine lange Pinzette, um Butterbrotpapiere und Kaugummis aufzuheben und schwungvoll in eine fahrbare Tonne zu werfen. Nach einer Weile begnügte ich mich damit, ihm zu folgen und den Geschichten aus seinem Leben zu lauschen. Ab und zu warf ich einen Blick auf die Fenster der Klassenzimmer, in denen sich der Himmel spiegelte. Es war warm, und ich fand es gar nicht so schlecht, dem Gefängnis eine Zeitlang entkommen zu sein. Nach einer Weile, in der mich die tiefe Stimme des Hausmeisters einlullte, keimte in mir ein Plan.

Eine Lösung, um mich aus der Affäre zu ziehen

und mir alle Vorteile meiner Situation zunutze zu machen.

Ein so einfacher Plan, dass ich mich ärgerte, nicht bereits früher darauf gekommen zu sein. Ich musste meine Lage nur ein wenig verändern.

Ich würde Fortschritte machen.

Die Mathenachhilfe bei Mona würde Früchte tragen. Es würde *klick* machen. Als hätte ihre Geduld eine Blockade in mir gelöst. Ich würde erst eine schwierige Aufgabe meistern, und dann noch eine. Ich würde mir Formeln besser merken können. Ich würde sie mit intelligenten Fragen überraschen. Ich würde behaupten: »Der Wettbewerb hat mich motiviert.« Oder einfach: »Ich glaube, es liegt an dir.« Und dabei die Stimme senken, damit sie jede Menge Gefühl darin hört. Sie wäre stolz auf sich und entzückt von mir.

Dann müsste ich nur noch Engelbert haushoch schlagen. Alle würden wegen meiner Wandlung total aus dem Häuschen sein. Meine Eltern wären so erleichtert, dass sie es nicht mehr wagen würden, mir ein normales Leben vorzuenthalten, aus Angst, dass ich wieder abstürze. Und sollten sie auch nur den geringsten Versuch machen, würde ich nicht zögern, damit zu drohen.

Ich freute mich so, dass ich leise gluckste.

»Die frische Luft tut dir gut«, bemerkte der Hausmeister und kratzte eine plattgedrückte Erdbeerwaffel unter einer Bank vom Boden.

Ich erkannte sie wieder. Die hatte Basile drei Tage vorher dort fallen gelassen.

27. September

Ich habe mein Problem erkannt: Meine Ideen sind nicht schlecht, aber ich verbocke sie regelmäßig.

Dabei lief es am Anfang so gut. Ich ging zum Kondor und entschuldigte mich bei ihm. Ich sagte, ich hätte meinen Fehler eingesehen. Ich erzählte ihm von den verkohlten Lungen in Papas Video, was ihn etwas nervös machte, aber er nahm mir die Erklärungen ab. Dann sagte ich, dass ich gerne am Mathewettbewerb teilnehmen wollte.

»Ich kann dich nicht daran hindern«, erwiderte er und ergriff seinen Füller, um meinen Namen auf die Liste zu setzen. »Aber ich warne dich. Mathematik scheint nicht deine Stärke zu sein. Ich mache dir keine Vorwürfe. Wir haben alle unsere Stärken. Ich hatte zum Beispiel den Eindruck, dass du neulich auf dem Hof mit dem Hausmeister richtig aufgeblüht bist. Vielleicht würde eine praktische Ausbildung dir besser entsprechen.«

»Es ist so«, antwortete ich so bescheiden wie möglich, »ich nehme Nachhilfe bei … einer Freundin.«

Diese Erklärung gefiel ihm nicht, aber er hakte

nicht weiter nach. Ich unterschrieb das Anmeldeformular.

Mona und ich hatten uns inzwischen wieder versöhnt. Es war nicht schwer gewesen. Es tat ihr so leid, dass sie ausgerastet war, dass sie sich sogar die Schuld an meiner verrückten Aktion gab. Ich habe sie nicht aufgeklärt. Es kann nicht schaden, wenn ein Mädchen ein schlechtes Gewissen hat, das habe ich schon öfter bemerkt.

»Wenn du willst«, schlug sie vor, »können wir uns am Samstag treffen.«

Und schon standen ihre Zimmertüren mir wieder offen.

Ihre Zimmertür, meine ich. Ich weiß auch nicht, warum ich alles in den Plural setze, wenn ich mich freue.

Und dann nahm ich meine Verwandlung in Angriff. Gleich nach meiner Ankunft sagte ich das Einmaleins mit der Neun und den Satz des Pythagoras auf. Dabei achtete ich darauf, ein oder zwei Fehler einzustreuen, um kein Misstrauen aufkommen zu lassen. Lügen erfordern absolute Sorgfalt, das hatte ich schon am eigenen Leib erfahren.

Mona schöpfte keinen Verdacht. Sie wagte während meines Vortrags kaum zu atmen. Tolles Theater. Sie korrigierte lächelnd meine Fehler und erzählte, dass sie sich früher auch immer bei acht mal neun geirrt hat. Dann schwiegen wir.

»Ich bin supermotiviert«, brach ich das Schweigen. »Her mit der nächsten Übung.«

Bis sieben Uhr abends lösten wir Gleichungen, errechneten Wurzeln und zeichneten Graphen. So einen romantischen Nachmittag hatte ich noch nie erlebt. Wir machten nicht mal eine Pause, um etwas zu essen.

»Ich bin beeindruckt«, sagte Mona schließlich, als meine Mutter kam, um mich abzuholen.

Seit der Sache mit den Zigaretten ist Mama extrem nervös. Sie zuckt bei jedem Telefonklingeln zusammen, und sie hat eine Phobie vor ihrer Mailbox entwickelt, weil sie fürchtet, dass eine Nachricht von der Schule darauf sein könnte. Als ich ihr von meinen guten Vorsätzen erzählte, fing sie an zu weinen, woraufhin Heloise stinksauer wurde. Ich muss zugeben, alle sind ein bisschen angespannt wegen mir. Und ich muss sagen, das finde ich super.

Als Mona meiner Mutter die Blätter zeigte, die wir gemeinsam mit Zahlen vollgeschrieben hatten, sah sie aus, als würde sie gleich wieder in Tränen ausbrechen, aber sie fragte nur, ob sie eins der Blätter behalten dürfe, als Andenken. Ich stimmte schulterzuckend zu.

Ich hatte wirklich geglaubt, dass alles funktionieren

würde wie geplant. Um meine Fortschritte zu feiern, gingen wir am Samstagabend mit der ganzen Familie Crêpes essen. Ich durfte einen Crêpe mit Wurst bestellen, was im Universum meiner Eltern etwa so frevelhaft ist wie ein Neugeborenes dem Teufel zu opfern. Mein Vater trank Cidre und erzählte Witze, die meiner Mutter peinlich waren. Ich achtete nicht genug auf Heloises Stimmung. Sie schmollte. Und ich wusste auch, warum: Sie war eigentlich mit Hippolyt zu einer Tour auf dem Motorroller verabredet. Ich machte den Fehler, sie ein bisschen zu necken und Anspielungen auf ihren Lover zu machen. Nichts Gemeines, aber sie war trotzdem sauer. Ich will ja nicht lästern, aber Mädchen können echt zickig sein. Sie hassen es, wenn man sich über sie lustig macht. Das macht das Leben nicht leichter.

»Verheimlichst du uns vielleicht was, Heloise?«, fragte Papa mit einem idiotischen Lächeln und schielte dabei auf sein Glas.

Sie antwortete nicht und weigerte sich, noch irgendetwas zu essen. Ich musste ihren Crêpe mit Maronencreme übernehmen und hatte ein schlechtes Gewissen.

Aber ich hatte nicht damit gerechnet, was noch am selben Abend passierte. Ich wollte mich in meinem Zimmer einschließen, um Mona eine Mail zu schreiben. Seit ich mich beim Mathewettbewerb angemeldet habe, besitze ich sogar einen eigenen E-Mail-Account, damit meine Angebetete mir Übungsaufgaben schicken kann. Sie korrigiert sie immer sofort. Mein Herz klopft jedes Mal wie verrückt, wenn ich mir die Aufgaben anschaue, die sie für mich vorbereitet hat. Die Zahlen erscheinen mir gefühlvoller als Liebesgeständnisse. Ich verehre ihre kreisrunden Nullen. Unsere Liebe ist nummeriert. Puh, ich bin zu sentimental. In der vierten Klasse war ich in Alice Cordille verknallt, die einen Insektenfimmel hatte, und zu der Zeit fand ich sogar, dass Fliegen schöne Augen haben.

Aber Heloise störte meine Träumereien vor dem Bildschirm. Sie kam hinter mir in mein Zimmer gestampft und beschimpfte mich fürchterlich. In Wahrheit ist sie immer noch sauer, weil ich mich über den lächerlichen Vornamen ihres Freunds lustig gemacht habe.

Sie nannte mich einen Heuchler, einen Manipulierer, einen falschen Fünfziger und einen Feigling. »Und außerdem«, fügte sie hinzu, »ziehst du dich unmöglich an.«

Was den letzten Punkt angeht, übertrieb sie. Seit ich Mona kenne, habe ich fast immer gleichfarbige Socken an.

Aber da ich mir eingestehen musste, dass die anderen Dinge nicht ganz unzutreffend waren, ließ ich sie reden. Doch das war unklug. Mein Schweigen und mein gesenkter Blick brachten sie noch mehr auf die Palme. Ohne ihr zuzuhören, öffnete ich meine Mailbox, weil ich sehen wollte, ob Mona mir geschrieben hatte.

Ich hatte drei neue Nachrichten.

Sie konnten nur von ihr sein, weil sie die Einzige ist, die meine Adresse hat. Warum habe ich nicht gewartet? Der Anblick meiner Mailbox verzehnfachte Heloises Zorn, und sie fing an, hämisch zu lachen. »Oh, dein kleines Hinkebein schreibt dir! Wie süß!«

Da merkte ich erst, wie wütend sie war, denn normalerweise macht Heloise sich nicht über die körperlichen Nachteile anderer lustig. Ihre Beschimpfungen schienen ihre Wut etwas gemildert zu haben, aber es war zu spät. Jetzt war ich der Beleidigte, und sie sollte büßen. Ich überlegte, was die schlimmstmögliche Rache sein konnte. Sie selbst lieferte mir eine unverhoffte Gelegenheit.

»Na, dann bis später«, sagte sie und stand auf. »Ich habe noch etwas vor.«

Sie öffnete das Fenster und war mit einem Sprung draußen. Auf dem kleinen Platz schräg gegenüber sah ich die Scheinwerfer eines Motorrollers aufleuchten.

Ich schloss das Fenster hinter ihr.

Dein kleines Hinkebein.

Ein Teil von mir fand die Bezeichnung sogar ganz niedlich. Aber nicht niedlich genug, um mich zu beruhigen.

Ich ging aus meinem Zimmer und klopfte an die Tür meiner Eltern, die gleich nach unserer Rückkehr aus dem Restaurant ins Bett gegangen waren. Sie lagen Seite an Seite und lasen. Ich sagte mit ängstlicher Stimme: »Heloise ist gerade aus dem Fenster geklettert, um sich mit ihrem Freund zu treffen.«

Im Nachhinein tut es mir natürlich leid. Mein Vater hat sich in Windeseile angezogen. Jetzt fährt er mit dem Auto im Viertel herum, um Heloise zu finden. Und ich halte die Ereignisse in meinem Tagebuch fest. Ich kann sowieso nicht schlafen.

Ich habe mich nicht mal getraut, Monas Mails zu lesen.

29. September

Katastrophe ist noch zu schwach. Was ich erlebe, ist eine Apokalypse.

Heloise hat mein Tagebuch geklaut.

Ich kann sie beinahe verstehen. Mein Vater musste vorgestern nicht lange nach ihr suchen. Er fand sie knutschend vor der Turnhalle. Er packte sie kurzerhand am Kragen und schleifte sie ohne ein Wort ins Auto. Ich habe den Eindruck, alle drehen hier gerade durch. Papa ist eigentlich das friedfertigste Geschöpf der Welt. Um nicht zum Militär gehen zu müssen, hat er zwei Jahre lang in einem Kindergarten gearbeitet. Seitdem hat er allerdings Albträume. Und als er seine Tochter in Hippolyts Armen sah, stürzte er sich auf sie wie ein Jaguar auf ein Wildschwein. Ein Jaguar tötet sein Opfer umgehend mit einem einzigen Biss seines kräftigen Kiefers. Papa begnügte sich damit, sie ins Auto zu schubsen und die Tür zuzuknallen.

Hippolyt hatte sich aus dem Staub gemacht. Papa erzählte Mama die Details mindestens zwanzigmal. Ich hörte alles mit an, das Ohr an die Tür gepresst, während Heloise in ihrem Zimmer saß und heulte.

Meine Schwester musste sich eine halbe Stunde lang ihr Geschrei anhören. Meine Eltern ließen alles an ihr aus. Meine Probleme, ihre Probleme, alles. Mir lagen die Crêpes schwer im Magen. Gegen Mitternacht wurde es endlich ruhig, und der Sonntag verlief trügerisch friedlich, aber heute Morgen behauptete meine Schwester, sie sei krank, und wollte im Bett bleiben. Meine Eltern gaben schließlich nach. Als sie am frühen Nachmittag doch noch in der Schule auftauchte, beschlich mich ein ungutes Gefühl. Sie lächelte.

»Na, wieder gesund?«, fragte ich, um ihr zu zeigen, dass sie mir nichts vormachen konnte.

Sie antwortete nicht, aber ihr Grinsen wurde noch breiter.

Mich beschlich eine böse Vorahnung, und der Rest des Tages war schrecklich

Als ich nach Hause kam, fand ich da, wo sonst mein Tagebuch lag, einen kleinen Zettel: »Interessante Lektüre! Ich habe das Dokument jemandem anvertraut, der es bestimmt sehr aufmerksam lesen wird.«

Wenn ich also Apokalypse sage, ist das keine Übertreibung.

Ich war unfähig, irgendetwas zu tun. Absolut unfähig. Ich konnte nicht mal mehr denken.

Ich dachte natürlich daran, meine Sachen zu packen

und nach Sibirien auszuwandern. Und dann begann ich ganz mechanisch ein neues Tagebuch.

Das Schreiben ist für mich zur einzigen Möglichkeit geworden, ein bisschen Ordnung in meine Gedanken zu bringen. Zu versuchen, wieder Boden unter die Füße zu bekommen.

Heloise hatte das schlimmste aller Verbrechen begangen: Sie hatte mein Tagebuch Mona gegeben.

Mona, die mich ebenso sehr liebt, wie sie Lügen hasst.

Aber gegen acht Uhr abends schickte Mona mir vier Übungsaufgaben und eine süße kleine Nachricht.

Unmöglich, dass sie mein Tagebuch gelesen hatte. Sie hatte es also nicht gelesen. Oder …

Oder Heloise hatte mich angeschmiert.

Sie wollte mir Angst machen, aber so fies war sie dann doch nicht. Das Beweisstück war sicher noch in ihrem Zimmer.

Ich machte mich hoffnungsvoll auf den Weg dorthin. Dabei hatte ich eigentlich beschlossen, erst wieder mit ihr zur reden, wenn sie in achtzig Jahren auf dem Sterbebett lag, und dann nur, um ihr mitzuteilen, dass ich ihr niemals vergeben würde.

»Na los«, sagte ich möglichst locker. »Rück es raus.«

Ihr fürchterliches Grinsen leuchtete wieder auf. »Ich habe es nicht mehr, das habe ich doch geschrieben!«

»Du lügst. Mona hat sich gerade bei mir gemeldet.«

»Mona? Wer redet denn von Mona?«

Augenblicklich lief mir ein eiskalter Schauer über den Rücken.

»Dein Freund Engelbert wirkte sehr erfreut, als ich ihm den Bericht über dein niederträchtiges Leben überreicht habe. Vor allem, als ich ihm gesagt habe, dass er eine wichtige Rolle darin spielt.«

2. Oktober

Mein Tagebuch ist nun schon seit vier Tagen in Engelberts Gewalt.

Und es ist immer noch nichts passiert.

Ich versuche stundenlang, mich daran zu erinnern, was ich geschrieben habe. Über ihn, über mich, über Mona. Ich stelle mir vor, wie er sich über meine Bekenntnisse lustig macht. Diese Flut der Bekenntnisse! Wie konnte ich so viel reden, ausgerechnet ich, der Spezialist des Schweigens? Wie konnte ich so offen alle meine Lügen ausbreiten?

Wenn sein Blick meinen trifft, spüre ich einen elektrischen Schlag. Einen echten Schlag, begleitet von Zittern, Gänsehaut und Herzklopfen. Ein bisschen wie wenn Mona mit mir spricht. Dann lächelt er, und sein Lächeln ist ungefähr so angenehm, wie wenn man mit einem Fingernagel über eine Tafel kratzt. Er lächelt, mehr nicht.

Er lässt mich zappeln.

Ich habe das Problem gedreht und gewendet: Es gibt keine Lösung. Er kann mich vor Mona, vor meinen Eltern und vor dem Kondor bloßstellen. Selbst wenn ich ihm zuvorkomme, indem ich alles gestehe, bin ich bei allen unten durch. Ich bin vernichtet.

Ich wage kaum noch, Luft zu holen, ich bin am Rande des Atemstillstands. Ich gehe mit kleinen Schritten und rede leise. Mona macht sich Sorgen. Und meine Eltern haben einen neuen Termin bei der Psychologin ausgemacht.

Ich habe darüber nachgedacht, ihr alles zu beichten. Schließlich ist es ihr Beruf, Geisteskranke wie mich zu verstehen. Aber dann habe ich doch nur geseufzt, mich am Kopf gekratzt und aus dem Fenster geschaut. Sie notierte alles in ihrem Heft. Dann riet sie meinen Eltern, mir noch mehr Freiheiten zu gewähren. Ich durchliefe eine schwierige Phase, in der ich lernte, mich der Welt allein zu stellen. Ohne Führer.

Eigentlich gar nicht so falsch.

Mama fragte, ob ich zum Nachtisch lieber ein Bananensplit oder ein Schokotörtchen wolle. Ich brach in Tränen aus.

Ich kann ehrlich gesagt gar nicht richtig denken. Ich versuche die ganze Zeit, die Gedanken aus meinem Kopf zu verjagen. Zum Beispiel den Gedanken, dass Heloise mein Tagebuch gelesen hat. Unerträglich. Ich begegne meiner Schwester mit einem so tiefen, undurchdringlichen Schweigen, dass sie langsam Angst vor mir bekommt. Ich muss dazu sagen, dass ich mehr und mehr Draculas geheimem Sohn ähnele. Ich habe rissige Lippen, eine grünliche Gesichtsfarbe und verquollene Augen. Ich blinzele im Licht wie jemand, den man gewaltsam aus seinem Sarg gezerrt hat.

Heloise hat Gewissensbisse, das steht fest. Schon am Tag nach der Tat wollte sie sich entschuldigen, aber manche Verbrechen lassen sich nicht wiedergutmachen. Heloise, wenn du mir auch noch mein neues Tagebuch klaust, glaub mir, dann hasse ich dich bis in alle Ewigkeit!

Warum tut Engelbert nichts?

Die Antwort kann man mir am Gesicht ablesen: Ich bin zerstört. Ein Wrack. K.o., noch vor dem Kampf. Der Tag des Mathewettbewerbs rückt näher. Er hat keine Zweifel, dass er siegen wird. Wann immer er mich sieht, lacht er höhnisch.

Seit der Sache mit dem ausgetauschten Arbeitsblatt weicht mir Basile nicht mehr von der Seite. Als hätten wir Blutsbrüderschaft geschlossen und uns ewige Treue geschworen. Er wundert sich nicht über meine Schweigsamkeit. Manchmal hebt er mit einem Augenzwinkern eine imaginäre Zigarette an die Lippen.

Mona verdoppelt ihre Zuwendung. Seltsamerweise ist die einzige Sprache, die mir bleibt, die Sprache der

Zahlen. Worte machen mir zu viel Angst. Also reihe ich Rechnungen aneinander. Meine Fortschritte versetzen Mona in Erstaunen. Ich habe sie gebeten, niemandem davon zu erzählen. »Das ist unser Geheimnis«, habe ich sie beschworen. Und bislang gibt sie sich damit zufrieden. Sie muss denken, dass ich Tag und Nacht für sie arbeite. Das erklärt in ihren Augen auch meine Leichenbestattergesichtsfarbe. Wir verbringen viele Stunden in ihrem Zimmer. Meine Eltern machen sich jetzt Sorgen wegen meiner Verbissenheit. Sie wollen, dass ich an die frische Luft gehe. Papa hat mir sogar die neueste Version eines Ballerspiels gekauft.

Vorhin in der Pause hat Engelbert endlich erklärt, dass er mir morgen »seine Bedingungen« nennen werde.

Seine Bedingungen.

Worauf muss ich mich da gefasst machen?

Ist er bereit, mir mein Tagebuch im Austausch gegen etwas anderes zurückzugeben? Was wird mich in meinen nächsten schlaflosen Nächten beschäftigen? Und was, wenn er meine Geschichte an eine Zeitung schickt?

Auf dem Heimweg von der Schule ertappte ich mich dabei, wie ich die Titelseite eines Klatschmagazins musterte, halb in der Erwartung, eine verschwommene Teleobjektiv-Aufnahme meiner Eltern mit ernsten, eingefallenen Gesichtern zu sehen und darunter den Titel: *Skrupelloses Kind zerstört glückliche Familie.*

Nein. Nicht reißerisch genug.

Ihnen wird etwas Schlimmeres einfallen.

3. Oktober

Ich weiß jetzt, was er von mir verlangt. Nichts Überraschendes. Der erste Punkt betrifft natürlich den Mathewettbewerb. Er will, dass ich ihn so richtig verbocke. Sollte ich meine Nummer des Versagers durchziehen, der durch die Liebe gerettet wurde, gibt er Mona mein Tagebuch. Und noch gemeiner: Ich darf sie nicht verteidigen, wenn er sie mit seinen hämischen Sticheleien quält.

In der Pause hat er so richtig losgelegt, um Mona vor dem Wettbewerb zu entmutigen. Dreckige Witze, Spott, Sarkasmus, höhnische Grimassen und boshaftes Lächeln, das volle Programm. Als ich ihr zu Hilfe kommen wollte, holte er sein Wildschwein heraus und gab ihm einen Kuss auf seine abgewetzte Stirn. Ich schluckte mühsam meinen Zorn hinunter.

Diese Wildschweinaffäre hat sich übrigens gegen mich gewendet. Engelbert hat nämlich beschlossen, zu seinem Schwein zu stehen. Und da er ziemlich beliebt ist, haben die anderen ebenfalls ihre Stofftiere mitgebracht. Die Klasse gleicht einer Horrorshow: überall abgewetzte Tiere, zerlumpte Hampelmänner, zerfetzte Puppen – es ist die neue Mode, ein uraltes Kuscheltier auszustellen.

Der Kondor erhöht den Druck wegen des Wettbewerbs. Er mästet uns mit den kompliziertesten Aufgaben. Ich löse sie im Kopf, um meinen Geist zu beschäftigen. Mein magerer Trost ist es, das Ergebnis auf einen Schmierzettel zu schreiben, den ich Engelbert von weitem zeige, während er noch damit beschäftigt ist, die Aufgabe zu verstehen. Wenigstens kann ich ihn damit kurz auf die Palme bringen. Er kann mir nicht das Wasser reichen, und das weiß er. Aber er zahlt es mir zehnfach zurück: Er lässt seinen Frust an Mona aus.

»Und wenn du mich beim Wettkampf auf irgendeine Weise dumm dastehen lässt, zeige ich ihr das Buch.«

Mittlerweile verzichte ich darauf, ihn zu ärgern. Ich bleibe auf meinem Platz sitzen und starre vor mich hin. Heute Abend habe ich fast nichts gegessen. Meine Eltern denken ernsthaft darüber nach, mir eine Woche in New York zu spendieren.

Ich habe ein paar E-Mails mit Mona gewechselt.

Ein Glück, dass ich dich habe, schrieb sie. *Du bist mein einziger Trost. Du kämpfst gegen die Ungerechtigkeit auf der Welt. Du bist wirklich ein guter Mensch. Im Anhang findest du eine Übung zu Algorithmen.*

Als ich ihr antworten wollte, spürte ich einen Luftzug im Nacken. Ich drehte mich um. Hinter mir stand Heloise. Sie hatte Monas Nachricht gelesen und schüttelte den Kopf wie eine Kuh.

»Die ist ja süß«, kommentierte sie.

Ich klappte mit aller Kraft den Laptop zu. Leider war mein linker Zeigefinger dazwischen. Ich schrie nicht. Ich mache Fortschritte.

»Du liest meine E-Mails?«, brachte ich heraus, als ich die Sprache wiedergefunden hatte.

»Entschuldige. Seit ich dein Tagebuch gelesen habe, habe ich mir das angewöhnt.«

Bevor meine Gehirnzellen Zeit hatten, sich wieder zu sammeln, fügte sie hinzu: »Ich fand deine Geschichte eben sehr interessant. Deine Geständnisse fehlen mir.«

Ich musterte ihr Gesicht. Sie wirkte ernst. Und gekränkt.

»Meine Geständnisse?«

Sie zuckte mit den Schultern. »Wir kennen uns nicht besonders gut. Das war das erste Mal, dass du mir etwas Wichtiges erzählt hast.«

»*Dir* erzählt? Du spinnst wohl!«

Erneutes Schulterzucken. »Nein. Genau. Mir hast du es nicht erzählt. Mir erzählst du ja nie etwas.«

Ich drückte mir die Handballen auf die Augen. »Sekunde mal. Ich soll dir etwas erzählen? Dir? Hast du überhaupt die leiseste Ahnung, was du mir angetan hast? Und Mona? Mona, die du ›süß‹ findest?«

»Du hast mich bei Mama und Papa verpfiffen. Jetzt tut es mir ja auch leid, dass du es weißt.«

»Na toll. Wunderbar. Du hast ein schlechtes Gewissen, und deshalb bist du zugänglich für menschliche Gefühle. Dir fehlt nur noch die Intelligenz, um dich von Tieren zu unterscheiden. Und jetzt verschwinde. Ich habe zu tun.«

Sie verschwand nicht. Und sie wurde auch nicht sauer. »Nils, ich will dir nur helfen, verstehst du?«

»Ja.«

»Bist du einverstanden?«

»Nein.«

Da verschwand sie doch, seufzend.

Ich öffnete den Laptop wieder und fand eine neue Nachricht von Mona vor:

Geht es dir gut? Ist alles in Ordnung?

Ich merkte, dass sich in dem Moment, in dem ich mir den Bildschirm auf den Finger gehauen hatte, eine Nachricht von selbst geschrieben und verschickt hatte. Sie lautete: *qsdlkfja*.

Was meine Gedanken ziemlich gut zusammenfasste.

7. November

Ich habe so lange nicht geschrieben, weil ich nicht den Mut hatte, die Chronik meines Scheiterns zu dokumentieren. Das Spiel schien verloren. Stimmt schon, mein materielles Leben hat sich verbessert. Aber nicht mal Horrorfilme und Donuts bis nachts um zwei konnten mich trösten.

Und dann kam der Tag des Wettbewerbs.

Ich hätte am liebsten meine Teilnahme zurückgezogen, aber Engelbert wollte meine totale Erniedrigung.

»Du hast dich angemeldet, und jetzt nimmst du auch teil, Kumpel. Und du wirst es so richtig schön verkacken.«

Wir waren etwa zehn Leute im Prüfungsraum, der extra für den Wettbewerb vorbereitet worden war. Wir bekamen große offizielle Prüfungsbögen und dazu Schmierpapier. Der Schuldirektor ließ sich zu einer kleinen Rede herab, bevor die Aufgabe verteilt wurde. Es war sogar ein Journalist da, der ein Foto von uns machte, bevor er sich schnell wieder verdrückte. Er schien sich in dem kleinen Raum nicht besonders wohl zu fühlen. Vielleicht rief er schlechte Erinnerungen in ihm wach.

Engelbert und Mona lächelten mir zu. Der Kondor öffnete den Umschlag mit den Aufgabenblättern, und der Schuldirektor persönlich übernahm das Verteilen. Dann vermerkte er an der Tafel die Uhrzeit, zu der wir unsere Arbeiten abgeben mussten, wünschte uns viel Erfolg und verdrückte sich ebenfalls.

Ich las die Aufgabe.

Eine prächtige Fragestellung, das muss ich zugeben. Ein regelrechter Roman. Es ging um Wasserläufe in unterirdischen Höhlen. Einen Höhlenforscher, der in einer Höhle eingeschlossen ist. Sauerstoffvolumen, das Gewicht des Rucksacks, die Reichweite der Taschenlampe. Hat mir echt gut gefallen.

So sehr, dass sich ein weiteres Mal eine Entscheidung gegen meinen Willen getroffen hat.

Ich vergaß Engelberts Bedingungen, meine Lügen, das Tagebuch. Besser gesagt, ich schob das alles weit von mir. Ich machte mich auf ins Abenteuer, in die Höhle, in das Gewirr aus Zahlen, in das Höllenlabyrinth, das der verdrehte Geist des Kondors ersonnen hatte.

Mein Gehirn setzte sich in Gang. Meine Hand griff nach dem Stift. Ich fühlte mich außerordentlich gut. Erleichtert. Frei.

Als ich den Kopf hob, war die festgesetzte Zeit beinahe verstrichen. Ich hatte die ganze Aufgabe gelöst, einschließlich der Bonusaufgaben. Nichts durchgestrichen. Nüchterner Stil, schlüssige Begründung. Ich hatte sogar ein oder zwei Kommentare hinzugefügt, um die Gedankengänge weiter zu vertiefen.

Engelbert lief der Schweiß herunter. Mona knabberte einen Apfel. Als der Kondor uns befahl, die Stifte wegzulegen, musste sie mitten im Satz abbrechen. Sie hatte keine Zeit gehabt, die Aufgabe zu beenden.

»Ich werde eure Arbeiten im Laufe des Tages korrigieren«, erklärte der Kondor. »Ihr werdet das Ergebnis schon heute Abend erfahren.«

So ist die Tradition. Er zieht sich ganz allein in einen Raum zurück und kommt erst abends wieder heraus, wenn er alle Arbeiten durchgesehen, abgewogen, ausgewertet und seine Entscheidung getroffen hat. Auf dem Schulhof ergriff die Nervosität nach und nach von allen Besitz. Wir redeten leise, seufzten tief und schielten zu dem Fenster hinauf, hinter dem der Meister arbeitete.

Am Ende des Nachmittags öffneten sich die Schultore, um die Eltern der Teilnehmer hereinzulassen. Sie strömten in die Aula, wo eine Klasse nach der anderen dazukam, angeführt von ihren Lehrern. Die Minuten dehnten sich in die Länge, und mir wurde erst jetzt das gesamte Ausmaß meiner Tat klar. Sicher, Engelbert würde die schlimmste Schmach seines Lebens erfahren. Er würde Zweiter werden. Und Mona würde Rache nehmen. Sie war zu intelligent, um zu glauben, dass ihr Nachhilfeunterricht gereicht hätte, um aus mir ein Mathegenie zu machen. Um mich zu trösten, stellte ich mir vor, dass eines Tages irgendjemand mein Tagebuch finden und aus meiner Geschichte einen aufwendigen Hollywoodfilm drehen würde. Zum Zeitvertreib malte ich mir das Casting aus.

Kurz vor fünf, als ich mich, aufs Schlimmste gefasst, mit den anderen Teilnehmern in die Aula begab, sah ich einen großen, elegant gekleideten Mann in Begleitung des Schuldirektors eintreten.

»Das ist Antonin Arnoux«, flüsterte Mona mir zu. »Ein Mathegenie. Er war der Erste, der vor zwanzig Jahren den Wettbewerb gewonnen hat. Mittlerweile ist er Wissenschaftler und hält auf der ganzen Welt Konferenzen ab. Aber er kommt jedes Jahr her und nimmt an der Zeremonie teil. Er gibt den Teilnehmern ihre Arbeiten zurück.«

So langsam bekam ich Atemnot. Engelbert warf mir aus den Augenwinkeln einen Blick zu, als ahne er etwas. Aber gut, es gab sicherlich Situationen, die schlimmer waren als meine. Vor zwei Tagen hatte ich beispielsweise mit meinem Vater eine Reportage über Schlachthöfe gesehen.

Wir setzten uns in die erste Reihe. Die Aula war brechend voll. Sie ist wirklich groß, so dass bei wichtigen Anlässen alle Schüler des Gymnasiums darin Platz finden. Vorne auf der Tribüne war ein langer Tisch mit einer weißen Tischdecke aufgestellt worden. Jean-Michel, der Hausmeister, winkte mir zu, und seine Anwesenheit beruhigte mich etwas. Dann entdeckte ich unglücklicherweise meine Eltern im Publikum. Und drei Reihen dahinter Heloise, die neben Hippolyt saß und Kaugummi kaute. Letzterer warf mir sonderbarerweise ein kleines trauriges Lächeln zu, und bevor sich mein Gehirn vor Panik abschaltete, konnte ich mich gerade noch fragen, warum ich mir eigentlich nie die Mühe gemacht hatte, ihn näher kennenzulernen.

Der Schuldirektor räusperte sich und beugte sich über das Mikrophon. Rauschen und Pfeifen hallte von den Wänden wider. Antonin Arnoux musterte uns. Neben mir zappelte Mona auf ihrem Stuhl herum. In meinen Ohren begann es zu sausen. Dann erhob sich der Kondor. Er überreichte Arnoux feierlich den Stapel mit unseren Arbeiten. Noch mehr Mikrophongeknister, unverständliche Wortfetzen, dann öffnete der Schuldirektor einen Umschlag, wie im Fernsehen.

»Und der Gewinner ist …«, verkündete er übertrieben feierlich.

Ohne nachzudenken drückte ich mit ganzer Kraft Monas Hand. Mona schien es kaum zu bemerken. Lebe wohl, Mona, dachte ich. Lebe wohl. Möge die Schauspielerin, die deine Rolle spielt, ebenso hübsch sein wie du.

»Engelbert Guernisac.«

Ich machte die Augen wieder auf.

Engelbert.

Engelbert hatte gewonnen.

Das war völlig unmöglich.

Nie zuvor hatte ich so viel Geschick bei der Lösung eines mathematischen Problems an den Tag gelegt. Nie zuvor war ich mit solcher Eleganz über die Schwierigkeiten hinweggesegelt. Ich hatte sogar einen alternativen Lösungsweg vorgeschlagen. Engelbert konnte mich nicht überflügelt haben.

Er stand auf und ging nach vorn, während Antonin Arnoux sein Arbeitsblatt überflog und wohlwollend nickte. »Herzlichen Glückwunsch, mein Junge«, sagte er und überreichte ihm sein Werk. »Die Arbeit eines Fachmanns.«

Dann setzte der Schuldirektor Engelbert eine lächerliche Mütze auf, und der Bankdirektor überreichte ihm einen Scheck. Neben mir bebte Mona vor Ungeduld.

Sie musste nicht lange warten. Der Schuldirektor rief sie wenig später auf. Sie erhob sich mit einem Satz.

»Zweite«, flüsterte Engelbert, der sich wieder gesetzt hatte. »Bravo. Du hast alles gegeben.«

Mona ergriff meine Hand. »Bitte, komm mit. Ich brauche Hilfe, um die Stufen hochzugehen.«

Also reichte ich ihr meine Hand und begleitete sie unter Beifall zur Bühne. Ich kann nicht sagen, was ich in diesem Augenblick fühlte. Ich glaube, ich fühlte gar nichts. Ich dachte nach. Ich versuchte zu verstehen, was passiert war.

Einen Augenblick lang sah ich die Gesichter meiner Eltern. Sie lächelten mir zu, als wäre ich auf dem Weg zu meiner Hinrichtung. Ich schloss die Augen.

Als ich mich wieder neben Mona setzte, war ich mir sicher, dass ich Dritter geworden war. Ich hatte den Versager so gut gespielt, dass ich mein Talent verloren hatte. Man darf das Schicksal nicht herausfordern. Aber ich rechnete nicht mit dem, was dann kam.

Ich wurde Letzter.

Der Schuldirektor verlas meinen Namen mit bedauernder Stimme.

Er bemühte sich, mitfühlend zu wirken, aber er fragte sich offensichtlich, was einen Idioten wie mich dazu gebracht haben mochte, an dem Wettbewerb teilzunehmen. Dann sah er Mona an und schien sich daran zu erinnern, dass ich ihr als Krücke diente. So war mein Leben doch nicht vollkommen nutzlos.

Während ich mit diesen finsteren Gedanken im Kopf das zweite Mal zur Bühne ging, hatte Arnoux mein Blatt ergriffen, das letzte auf dem Stapel, das falsch herum lag wie ein schlechter Fisch auf dem Marktstand, und begutachtete es mit gerunzelter Stirn.

Er las noch immer, als ich mich neben den Direktor stellte, um mein Blatt und meinen Trostpreis in Empfang zu nehmen, einen Einkaufsgutschein für irgendeinen Ramschladen.

»Monsieur Arnoux, wenn ich bitten darf«, gurrte der Schuldirektor.

Doch der schüttelte den Kopf, ohne die Augen von meinem Blatt zu lösen. »Einen Augenblick.«

Seine Stimme verriet, dass er kein Mann war, der eine Störung tolerierte. Der Kondor wand sich unbehaglich. Er ging auf Arnoux zu. »Verschwenden Sie nicht Ihre Zeit«, flüsterte er. »Dieser Schüler hat leider …«

Doch Arnoux warf ihm einen wütenden Blick zu, und der Kondor verstummte. Plötzlich fand ich den Tag weniger abscheulich.

Der Schuldirektor schenkte dem Publikum ein zuckersüßes Lächeln. Ich erwartete halb, er würde gleich zu singen anfangen, um die Stille zu füllen. Gemurmel erhob sich. Engelbert und Mona sahen beunruhigt aus.

Endlich hob Monsieur Arnoux die Augen von meinem Blatt. Er blinzelte, als käme er aus einem Tunnel. Er brauchte offensichtlich einige Sekunden, um sich daran zu erinnern, wo er war und wer die Menschen waren, die ihn umgaben. Dann erhob er sich wortlos und trat ans Mikrophon, mein Blatt in der Hand, das er zusammengerollt hatte wie ein Fernrohr.

»Meine Damen und Herren«, erklärte er feierlich, »ich muss Ihnen mitteilen, dass ein Fehler gemacht wurde.«

Die Augen des Kondors wurden erst schmal und dann weit. Sein Hals schien sich um mehrere Zentimeter zu verlängern.

»Diese Arbeit«, fuhr der Mathematiker fort, »enthält keinen Fehler. Und die Art, wie ihr Autor argumentiert, die Schwierigkeiten gemeistert und die Berechnungen angestellt hat, zeigt eine Meisterschaft, die derjenigen des ersten Preisträgers weit überlegen ist.«

Der Kondor stürzte sich auf mein Blatt, riss es Monsieur Arnoux aus der Hand und begann, wie wild zu lesen, wobei er mit dem Finger den Linien folgte.

»Wie konnten Sie das übersehen, Kon… Monsieur Courtelin?«, fragte der Schulleiter mit schriller Stimme.

Der Kondor antwortete nicht sofort. Er beendete seine Lektüre, dann las er noch zweimal von vorn. Vereinzelte Pfiffe ertönten aus dem Publikum. Einer davon stammte von Hippolyt, der sich prächtig zu amüsieren schien. Heloise hatte aufgehört, auf ihrem Kaugummi herumzukauen.

»Ich muss zugeben«, murmelte der Kondor dem Schuldirektor ins Ohr, »dass ich dieser Arbeit vielleicht nicht die nötige Aufmerksamkeit entgegengebracht habe, in Anbetracht der sonstigen Leistungen dieses Schülers.«

Er hatte diskret sein wollen, aber da der Schuldirektor das Mikrophon an sich genommen hatte, schallte sein Geständnis durch die Aula. Buhrufe ertönten.

»Lügner. Sie haben es sich nicht mal angesehen«, erklärte Antonin Arnoux trocken. »Wir kennen Sie, Kondor.«

Der zuckte zusammen, als habe man ihm eine Elektrode in jedes Ohr gerammt. »Antonin …«

»Ich erinnere mich sehr gut an Ihren Unterricht«, gab der Mathematiker zurück. »Und in zwanzig Jahren werde ich mich immer noch daran erinnern. Ich hatte Glück, das Fach fiel mir leicht. Und Sie haben mich immer ermutigt. Aber die Unglücklichen, die nicht mein Talent hatten, tun mir heute noch leid.«

Diese kleine Rede ließ das Publikum wieder ruhiger werden. Monsieur Arnoux brauchte nicht einmal das Mikrophon, um Engelbert zu bitten, wieder auf die Bühne zu kommen und seine Urkunde und die bescheuerte Mütze an mich abzutreten.

»Tut mir leid, mein Freund«, sagte Arnoux. »Du bist an einen geraten, der besser ist als du. Deine Lösung war nicht schlecht. Etwas verschult. Aber du wirst Fortschritte machen.«

Etwas verschult. Engelbert hätte nicht entsetzter aussehen können, wenn man ihn gebeten hätte, an Ort und Stelle Cancan zu tanzen. Vor allen. Nackt. Ich wagte es nicht, Mona anzuschauen.

Die ersten Leute begannen zu klatschen. Kameras blitzten auf. Der Bankdirektor nahm Engelbert den Scheck ab und überreichte ihn mir, bevor er mich zeremoniell umarmte. Basile erhob sich klatschend, und alle machten es ihm nach. Ich entdeckte meine Eltern. Meine Mutter schluchzte in den Armen meines Vaters.

In diesem Augenblick jedoch übernahm mein Gehirn wieder das Kommando. Jetzt musste ich klug taktieren. Von einer Sekunde zur anderen, sobald die Begeisterung über dieses Schauspiel vorbei war, das die langweilige Zeremonie unterbrochen hatte, würde man sich Fragen stellen. Wie konnte ein Idiot wie ich, der Letzte unter den Versagern, einen solchen Triumph erzielen? Man würde mich des Betrugs verdächtigen. Die Geschichte mit den Zigaretten würde wieder ausgegraben werden. Ich musste handeln. Schnell.

Als der Schuldirektor mir das Mikrophon gab, damit ich ein paar Worte sagte, entschied ich mich für die einfachste Option. Meine ursprüngliche Idee. Ich räusperte mich und sagte mit klarer Stimme: »Das alles wäre nicht möglich gewesen ohne die Hilfe meiner Freundin Mona. Sie hat mir stundenlang geduldig geholfen, hat mit mir geübt und mir Selbstvertrauen gegeben. Um sie stolz zu machen, habe ich mich selbst übertroffen.«

Ich sah den Kondor vielsagend an, woraufhin er den Blick abwandte.

»Deshalb finde ich es angemessen«, fuhr ich fort, »ihr den Scheck zu schenken. Für mich ist sie die wahre Siegerin.«

Ich kann den Tumult, der nun folgte, gar nicht beschreiben. Den Beifall, den Jubel. Alle strömten nach vorn zur Bühne. Ein paar große sportliche Jungs trugen Mona im Triumphzug herauf. Innerhalb von Sekunden taten mir die Schultern weh, so viele klopften anerkennend darauf. Etwas später, als die Damen aus der Cafeteria in Plastik verpackte Kuchenstückchen und Orangensaftpäckchen brachten, umarmte Mona mich fest. »Ich bin so stolz auf dich«, sagte sie mit leuchtenden Augen.

Ich wusste kaum, wie mir geschah.

Es war einfach zu viel.

Ich fürchtete, in der nächsten Sekunde würde Engelbert kommen und ihr mein Tagebuch geben. Und selbst wenn sie sich weigern würde, es zu lesen, könnte er ihr meine Strategie, meine Lügen verraten. Alles wäre aus zwischen ihr und mir. Ich traf eine Entscheidung.

»Komm mit«, sagte ich und zog sie beiseite.

Sie glaubte vermutlich, ich wolle sie küssen. Nach meiner dramatischen Rede wäre das der krönende Abschluss gewesen. Doch dann bemerkte sie mein Unbehagen und mein verkrampftes Gesicht. Ohne ihr Zeit für die kleinste Frage zu lassen, erzählte ich ihr alles. Von Anfang an. Meine Entscheidung, ein Versager zu werden. Das Theater, das ich ihr vorgespielt hatte.

Meine Feigheit. Und meine unfreiwillige Aufwallung von Stolz: den Unwillen, den Wettbewerb zu verlieren.

»Jedenfalls«, schloss ich, »wärst du ohnehin allein drauf gekommen, oder? Jemand, der nicht mal das Einmaleins mit der Zwei beherrscht, hätte selbst mit deiner Hilfe diesen Wettkampf nicht gewinnen können.«

Sie war so still, dass ich nicht einmal mehr den Lärm der Menge hörte. Alle waren zum Büfett geströmt, und man schien mich ein bisschen vergessen zu haben. Monsieur Arnoux unterhielt sich mit dem Schuldirektor. Der Kondor war verschwunden.

»Nein«, sagte sie.

»Nein?«

Sie sah mir direkt in die Augen. »Nein, darauf wäre ich nie gekommen. Ich hätte mir so etwas nie vorstellen können. Und von dir hätte ich es schon gar nicht erwartet. Lügner kenne ich. Derjenige, den ich bis heute am meisten gehasst habe, ist der Arzt, der mir eingeredet hat, ich würde eines Tages normal laufen können. Aber du schlägst ihn um Längen.«

Und damit ging sie.

Dann verstrich vermutlich etwas Zeit. Mehrere Leute versuchten, sich mit mir zu unterhalten, darunter zweifellos auch meine Eltern. Aber ich stand wie erstarrt, meine alberne Mütze auf dem Kopf, bis sich eine feuchte Hand auf meinen Ellbogen legte. »Was ist los? Träumst du?«

Engelbert.

Ich schüttelte mich. Engelbert. Er kam, um mich fertigzumachen. Aber er kam zu spät. Ich war ihm zuvorgekommen. Mona hatte die Wahrheit aus meinem Mund erfahren. Es war nicht viel, aber immerhin hatte ich den Mut gehabt, es ihr selbst zu gestehen.

Du kannst ihr mein Tagebuch geben, dachte ich. Du kannst ihr erzählen, was du willst, meine Geheimnisse ausplaudern, alle Details. Es ist mir egal. Ich habe mir selbst den Gnadenschuss gesetzt.

»Weißt du«, sagte Engelbert. »Ich habe nachgedacht.«

Ich erstarrte. Er machte ein komisches Gesicht, beinahe verlegen. Aber ich kannte ihn zu gut. Das war garantiert ein Trick. Ich wusste, dass er die Situation ausnutzen würde, und gleichzeitig fragte ich mich, was mir noch Schlimmeres passieren konnte.

»Was du gerade am Mikrophon gesagt hast … hat mich nachdenklich gemacht. Mein Plan war wirklich gemein. Ich habe ohnehin verloren, was bringt es mir also, zwischen Mona und dir alles kaputtzumachen?«

Und er überreichte mir mit vernichtender Freundlichkeit mein Tagebuch. »Hier. Da hast du es zurück. Und ich werde Mona nichts sagen, versprochen.« Er schwieg einen Augenblick und dachte nach. »Ich habe mich gefragt … Was du über mich geschrieben hast … Also … Findest du wirklich, dass ich so ein Kotzbrocken bin?«

Ich schenkte ihm ein Zombielächeln. »Nein, Engelbert. Du bist kein Kotzbrocken. Zu meinem Pech.«

Ich drehte mich auf dem Absatz um, ohne mein Tagebuch mitzunehmen. Sollte er es behalten. Sollte er es veröffentlichen. Sollte er es im Internet zugänglich machen.

Ich erinnere mich absolut nicht daran, was danach passiert ist oder wie ich in mein Zimmer gekommen bin, um die Ereignisse des Tages niederzuschreiben. Jetzt kratze ich über die Seite wie über eine alte Narbe. Ich kann einfach nicht aufhören.

14. November

Ein freudloser Tag nach dem anderen. Fades Leben. Sumpf im Herzen. Ich habe mich unglaublich gehenlassen. So sehr, dass ich wieder Klassenbester bin. Weit vor Engelbert, der sehr angeschlagen aus dem Wettbewerb hervorgegangen ist. Ich reiche lange Aufsätze ein, in denen ich mich, egal wie das Thema lautet, über mein Unglück, über das Leid der Menschheit und über die bevorstehende Zerstörung des Universums auslasse. Mit einer Art Wahnsinn mache ich mich über die Aufgaben des Kondors her, der selbst ziemlich lädiert ist, noch trockener und gelber als sonst. Ich beende die Matheaufgaben zwanzig Minuten vor den anderen, schiebe mein Blatt wie einen leeren Teller von mir, lege das Kinn auf die Hand und versuche zu verstehen, was an Wolken so interessant sein soll. Wenn der Kondor mir zusätzliche Aufgaben anbietet, lasse ich mich dazu herab, sie zu lösen, und verfalle anschließend wieder in meine Lethargie.

Natürlich habe ich mir mit diesem Verhalten Probleme eingehandelt: Meine Eltern verfallen in ihre alten Unarten. Meine Mutter hat versucht, die Konsole zu verstecken, auf der ich jeden Abend zur Beruhigung Aliens abschieße. Daraufhin habe ich am nächsten Morgen zwanzig Fehler im Diktat gemacht. Sie hat nicht darauf beharrt und mir das Gerät zurückgegeben. Bei Eltern darf man niemals nachlassen, wenn man überleben will.

Die Sache mit dem Wettbewerb hat auch mein Verhältnis zu meinen Mitschülern verändert. Ich bin eine Art verfemter Star geworden. Man bewundert und man fürchtet mich. Für einige, die behaupten, mein Spiel von Anfang an durchschaut zu haben, bin ich ein gefährlicher Trickser. Für die anderen ein durch ein Wunder Geheilter, dem Versagertum dank Mona entkommen. Aber die reagiert nicht auf ihre Annäherungsversuche und beantwortet keine ihrer Fragen. Und da ich auch nicht auskunftsfreudiger bin, lassen mich die anderen in Ruhe. Bis auf Engelbert.

Ihn hat die ganze Sache wirklich verwandelt. Ich bin sein Guru geworden. Er hofft, dass ich ihm dabei helfe, sich seinen Vornamen zu verdienen, stellt mir Fragen, will mein Geheimnis wissen und hat mich schon dreimal zu sich nach Hause eingeladen und zweimal ins Kino. Ich habe jedes Mal abgelehnt.

Noch schlimmer ist, dass Mona jetzt ihre ganze Zeit mit Basile verbringt. Sie sitzen im Unterricht nebeneinander, stecken in der Cafeteria die Köpfe zusammen und fahren gemeinsam Fahrstuhl. Die beiden dicht nebeneinander auf dem Hof herumgehen zu sehen, verursacht mir Bauchschmerzen. Er ist viel größer als sie, und wenn er ihr zuhört, nickt er regelmäßig. Sie erzählt ihm eine Menge. Sie redet die ganze Zeit. Worüber redet sie nur?

Als ich Basile danach fragte, wirkte er verlegen. »Das ist zu persönlich. Es tut mir leid.«

Zu persönlich. Alles ist aus.

Gestern Abend kam die Bestätigung. Ich folgte ihnen nach der Schule. Sie gingen zu Fuß zu ihr nach Hause. Sie waren so ins Gespräch vertieft, dass ich hinter ihnen ein Trompetensolo hätte aufführen können, ohne dass sie es bemerkt hätten. Monas Mutter öffnete ihnen lächelnd die Tür und gab Basile sogar Küsschen auf beide Wangen. Verräterin! Dabei schien sie mich so gern gehabt zu haben.

Ich kann Basile nicht mal Vorwürfe machen, der einfach nur konsequent er selbst ist. Seine Neigung, alles fallen zu lassen, wird immer schlimmer. Taschentücher, Kaugummis, Teller in der Cafeteria. Abgesehen von dem Geheimnis über seine Beziehung zu Mona, das er sorgfältig hütet (gewiss befolgt er ihre Anweisungen), hat sich nichts an seinem Verhalten verändert. Seine

Noten bleiben stabil bei einer Fünf in allen Fächern. Wenn Mona auch ihm Nachhilfe gibt, ist sie jedenfalls grandios gescheitert.

Aber ich glaube nicht, dass es das ist. Ich glaube, sie sind verliebt. Sie hängen es nicht an die große Glocke, aber sie haben sich gefunden, so einfach ist das. Und das ist meine Schuld. Mona hat leuchtende Augen, und er lächelt idiotisch. Das sind untrügliche Zeichen. Was für ein Horror.

Ich habe Jean-Michel, den Hausmeister, gefragt, ob ich ihm in den Pausen helfen kann. Wir sammeln gemeinsam die Butterbrotpapiere auf. Ich hoffe, dass ich bald die Graffiti von den Wänden schrubben darf. Das Schrubben wird mich beruhigen. Ich träume von großen Handschuhen und einem Schwamm. Schrubben, scheuern, bimsen, bis alles blitzblank ist. Bis dahin stürze ich mich auf die Bonbonpapiere und Plastikverpackungen. Ich reiße sie in Fetzen und sehe zu, wie sie in die große schwarze Mülltonne hinunterregnen.

»Es ist schön, einen Jungen zu sehen, der mit so viel Eifer bei der Sache ist«, versichert Jean-Michel mir wohlwollend.

Heloise ist das alles unglaublich peinlich.

Geschieht ihr recht.

17. November

Es sind zwei wichtige Ereignisse eingetreten, die mir ein bisschen Hoffnung geben.

Basile ist endlich mit der Sprache herausgerückt. Allerdings nicht, um meine Qualen zu beenden. Sondern weil er so begeistert war. Er kam heute mit einem großen Stapel bedruckter Blätter in die Schule, die er vor sich auf den Tisch legte. Bevor ich ihn danach fragen konnte, verkündete er: »Unser Roman.«

Ich verstand erst gar nicht, was er meinte, doch er klärte mich auf: »Wir haben einen Roman geschrieben, Mona und ich. Weißt du, ihre Geschichte von dem Paralleluniversum. Ich habe ein paar Ideen beigesteuert. Es geht um ein Volk, das in den Wolken wohnt. Ein virtuelles Volk. Mona und ich haben uns die Geschichte ausgedacht, wir haben sie zusammen aufgeschrieben, und sie hat die Fehler korrigiert.«

Ich gab mir Mühe, nicht die Augen zu verdrehen.

»Verstehst du? Wir haben das Paralleluniversum noch besser gemacht. Die Bewohner der Wolken haben eine Art Zwischenexistenz. Sie verwandeln sich ständig. Aber um zu überleben, brauchen sie …«

»Basile! Sei still!«

»Was denn?«

»Euer Roman ist mir scheißegal!«

Eine schäbige Reaktion, ich weiß, aber sie tat mir gut. Ich frage mich, ob ich jetzt sogar noch eifersüchtiger bin. Zu zweit ein Buch zu schreiben! Kann man sich eine vertraulichere Tätigkeit vorstellen? Übrigens war Basile zum allerersten Mal wirklich gekränkt. »Und ich wollte dich bitten, es zu lesen und mir deine Meinung zu sagen. Dann suche ich eben jemand anderen.«

Bitte. Such jemand anderen. Einen komischen Vogel wie dich. Einen Nebelexperten, einen Wolkenfreak. Viel Erfolg!

Auf dem Heimweg von der Schule war ich so wütend, dass ich auf Heloise wartete und ihr alles erzählte. Weil sie sich – zu Recht – schuldig fühlte, gab sie sich Mühe, mich aufzumuntern, aber diese Aufgabe überstieg eindeutig ihre Möglichkeiten. Ich bekam nicht mit, dass Hippolyt zu uns stieß. Als ich mich zufällig umdrehte, zuckte ich zusammen. Er schob seinen Roller hinter uns her und schien uns schon eine ganze Weile zuzuhören. Erst wollte ich sauer werden, aber dann fand ich keinen guten Grund dafür. Noch dazu hatte er die zündende Idee, um mich aufzuheitern.

»Willst du eine Runde drehen?«, bot er an und zeigte auf seinen Roller. »Ich habe einen zweiten Helm für Helo.«

Helo! Helo und Hippo! O Mann!

»Nein!«, schaltete sich meine Schwester ein. »Er ist noch zu klein!«

»Komm schon, Helo! Du siehst doch, dass er traurig ist.«

»Na gut. Aber fahr langsam!«

»Steig auf, Kleiner.«

Das ließ ich mir nicht zweimal sagen. Hippo half mir, den Helm aufzusetzen, und startete den Motor. Heloises besorgter Blick freute mich. Vielleicht lag ihr ja doch etwas an meinem Leben. Aber wahrscheinlich dachte sie in erster Linie daran, dass sie einen Riesenärger bekommen würde, falls mir etwas passierte.

»Halt dich fest!«

Ich umklammerte Hippos Hüften, und wir fuhren los. Ich verliebte mich sofort in den Roller. Die Geschwindigkeit, das Geknatter, die entrüsteten Gesichter der Fußgänger. Ein Draufgänger, das bin ich. Später werde ich auf meiner Harley Davidson um die Welt düsen, mit einem Mädchen hinter mir, das die Arme um meine Taille schlingt. Nicht irgendein Mädchen. Mona. Sie wird mit vor Aufregung und Angst bebender Stimme rufen: »Fahr nicht zu schnell, mein Held!«

»Keine Sorge«, erwiderte Hippolyt nüchtern. »In dem Tempo überholen wir nicht mal einen Jogger.«

Ich muss mir dringend abgewöhnen, laut zu denken.

Ich betrachtete die Gegend. Plötzlich merkte ich, dass mir der Stadtteil bekannt vorkam. Und in diesem Augenblick ereignete sich der zweite bemerkenswerte Vorfall dieses Tages: Ich sah Mona aus einem Haus kommen, das ich kannte. Dabei waren wir nicht in der Nähe ihres Hauses. Sie war in Begleitung ihrer Mutter.

Da fiel es mir ein. Die Psychologin.

Sie kam von meiner Psychologin!

Ohne genau sagen zu können, was das bedeutete, wusste ich, dass das Schicksal mir einen Fingerzeig gegeben hatte.

Als Hippolyt mich auf dem Bürgersteig neben meiner Schwester absetzte, strahlte ich.

»Dieser Ausflug scheint dir gutgetan zu haben«, stellte Heloise überrascht fest.

»Siehste«, entgegnete Hippolyt. »Manchmal macht eine Runde auf dem Roller eben den Kopf frei.«

Feierlich gab ich meinem Schwager seinen Helm zurück. »Danke, Alter«, sagte ich. »Weißt du, ich finde dich immer sympathischer. Und was ich dir noch sagen wollte …«

Hippolyt blickte beunruhigt drein.

»Was?«

»Dein Vorname ist gar nicht so lächerlich.«

Er wandte sich an Heloise. »Ist dein Bruder immer so?«

»Immer«, erwiderte sie resigniert.

19. November

Zu Hause erklärte ich meinen Eltern, dass ich mich wieder instabil fühlte. Wenn ich nicht sofort die Psychologin sähe, würden meine Noten garantiert wieder abstürzen. Meine Mutter griff zum Telefonhörer, und ich bekam für den übernächsten Tag einen Termin.

»Du wolltest mich sehen?«, fragte die Psychologin ohne erkennbare Neugier, während sie in ihrer Schublade nach meiner Akte suchte.

Schwitzend erkannte ich die Unbrauchbarkeit der Sätze, die ich vorbereitet hatte. Mein Ziel war einfach. Ich wollte wissen, was Mona durch den Kopf ging. Nicht alles natürlich. Nur das, was mich betraf. Und die Psychologin hatte Zugang zu Monas Kopf. Ich musste sie nur zum Reden bringen.

»Ich höre.«

Schweigen.

Ich sammelte Mut in dem Bild eines großen Affen, das an der Wand hing.

»Gefällt es dir? Einer meiner kleinen Patienten hat seinen Vater gemalt. Ein großartiges Porträt, überaus treffend.«

Schweigen.

»Ich wollte mit Ihnen über Mona reden.«

Sie zuckte nicht mit der Wimper. Als würde ihr dieser Name nichts sagen. Sie hielt sich ihren Füller an die Nase und schnupperte an der Feder. Sie schien den Geruch der Tinte zu mögen. So geht es mir auch.

»Mona, meine … Klassenkameradin. Ich habe sie neulich hier herauskommen sehen.«

»Ich kenne Mona, ja.«

Schweigen. Ein knarrender Sessel im Wartezimmer. Meine Mutter machte sich bestimmt Sorgen. Ich atmete tief ein, um den Geruch der Tinte zu erhaschen. Das Fenster zeigte auf einen ruhigen Park. Die Wände waren in einem beruhigenden Beige gestrichen. Ich entdeckte einen Heizstrahler, den ich vorher nicht bemerkt hatte. Ich fragte mich, ob ich immer von Dingen umgeben war, die ich nicht bemerkte.

»Du willst wissen, was sie über dich denkt?«

Ich bemühte mich, den Frosch hinunterzuschlucken, der sich in meinem Hals eingerichtet hatte, und antwortete mit schmerzender Kehle: »Genau.«

»Das kann ich dir natürlich nicht sagen. Ärztliche Schweigepflicht. Wolltest du mich noch etwas anderes fragen?«

Ich beschloss, zu schweigen und zu schmollen. Jede

Sekunde, die verstrich, kostete meine Eltern Geld, und dieses kostspielige Schweigen tat mir gut. Vielleicht ist das das Geheimnis von Kinderpsychologen.

Nach etwa fünfzig Euro erhob sie sich und forderte mich auf, es ihr gleichzutun.

Kurz bevor sie die Tür öffnete, murmelte sie: »Schau dir ihre Ordner und Hefte genau an.«

Dann lächelte sie mir zu, und die Stunden dehnten sich bis zum nächsten Tag.

20. November

Schau dir ihre Ordner und Hefte genau an. Leicht gesagt. Ich sitze gar nicht mehr neben Mona. Von meinem Platz aus kann ich ihre Hefte kaum erkennen. Ihre Schulter ist davor. Doch dann bietet sich eine Gelegenheit. Als wir in die Pause gehen, tue ich so, als hätte ich etwas vergessen, mache kehrt, spähe in Monas Rucksack und stelle fest, dass sie tatsächlich auf alle Hefte dasselbe Bild gezeichnet hat.

Eine Wolke.

Eine riesige Wolke.

Und darin ein kleines Männchen auf dem Rücken einer großen fliegenden Gans.

Das Umschlagbild des bescheuerten Romans, den sie mit Basile geschrieben hat.

Na toll, Frau Psychologin! Sie hatte nicht den Mut, es mir ins Gesicht zu sagen. Mona ist in den Wolkenfreak verliebt. Anscheinend sollte ich es selbst herausfinden. Das mit der Schweigepflicht war nur eine Ausrede. Ich bin so sauer, dass ich sofort einen neuen Termin haben will. Meine Mutter wirft einen verzweifelten Blick auf ihr Scheckheft, aber sie gibt nach.

Ich habe Glück. Ein Patient hat kurzfristig abgesagt. Vielleicht der Sohn des großen Affen. Ich bekomme seinen Termin. Morgen Abend.

Ich greife sofort an: »War es das, was Sie mir sagen wollten? Wolken? Sie hat nicht nur dieses blöde Buch mit ihm geschrieben, sie hat sich auch noch in ihn verliebt? Na toll! Vielen Dank für den Hinweis!«

Die Psychologin hat eine neue Frisur. Anscheinend hat sie sich von Mamas letztem Scheck Strähnchen machen lassen. Steht ihr gut. Und so, wie sie sich ab und zu die Ponyfransen aus dem Gesicht streicht, weiß sie das auch.

»Sie sollten lieber versuchen, mir zu helfen, statt an ihre Haare zu denken!«

Ziemlich unverschämt, ich weiß, aber ich bereue es nicht. Sie ist nicht die Einzige, die das Verhalten anderer Leute analysieren kann. Und *ich* lasse mich nicht teuer bezahlen.

»Bravo, Nils, du bist ein guter Beobachter.«

Meine Bemerkung hat sie kurz aus der Fassung gebracht, aber sie hat sich schnell wieder unter Kontrolle. Als hätte sie allein mittels Willenskraft die Adern verschlossen, durch die ihr das Blut gerade ins Gesicht schießen wollte. Erneutes Schweigen macht sich breit.

Mir fällt auf, dass irgendetwas an ihrem letzten Satz komisch war, obwohl er aus so wenigen Wörtern bestand. Nein, nicht die Wörter waren seltsam, sondern die Art, wie sie ausgesprochen wurden. Wie eines von ihnen ausgesprochen wurde. Welches? Ich höre mir den Satz im Geiste noch einmal an. *Nils.* Mein Vorname. Sie hat meinen Vornamen betont. Sehr gut, *Nils*. Warum? Um mir zu zeigen, dass sie noch weiß, wie ich heiße? Dass sie ein echter Profi ist? Oder …

Nils.

Warum haben meine Eltern mich Nils genannt?

Sie haben es mir eine Million Mal erzählt. Mein Vorname stammt aus einem Buch, das meine Mutter als Kind geliebt hat. *Die wunderbare Reise des kleinen Nils Holgersson mit den Wildgänsen.*

Die Geschichte eines Jungen, der durch das Land reist.

Auf dem Rücken einer Gans.

Über den Wolken.

22. November

Die Psychologin wollte keine der Fragen beantworten, mit denen ich sie gelöchert habe. Sollte diese Zeichnung eine Nachricht für mich sein? Eine Antwort auf all die Mona Lisas, mit denen ich meine eigenen Hefte bemalt hatte? Eine versteckte Liebeserklärung? Wenn das so war, warum ignorierte Mona mich dann nach wie vor?

Am nächsten Tag in der Schule bat ich Engelbert, mir mein Tagebuch zurückzugeben. Ich hatte beinahe vergessen, dass ich es ihm am Tag des Mathewettbewerbs überlassen hatte. Meine Bitte versetzte ihn in große Verlegenheit.

»Ähm, Nils, es tut mir leid, aber … ich habe es nicht mehr.«

Er hatte es nicht mehr. Wunderbar.

Dieser ultrageheime Text befand sich in der Gewalt irgendeiner Plaudertasche.

»Darf ich erfahren, was damit geschehen ist? Hast du es verkauft?«

»Nicht ganz. Ich habe es … jemandem anvertraut.« Und mit einer diskreten Pupillenbewegung deutete er auf Mona, die sich ein Stück weiter auf dem Hof mit Basile unterhielt.

»Du hast Mona mein Tagebuch gegeben?«

»Sie hat mich darum gebeten. Ich schwöre es dir. Und da euer Verhältnis sowieso schon, äh … angespannt war, war es auch egal.«

Nicht falsch. Und außerdem hatte ich ihm erlaubt, damit zu machen, was er wollte. Bevor ich sauer werden konnte, fügte er hinzu: »Weißt du, sie ist wirklich verrückt nach dir.«

»Glaubst du?«

»Ich bin sicher. Du hättest sie sehen sollen, wie sie darauf bestanden hat, dein Tagebuch zu bekommen. Und wie ich ihr versprechen musste, es dir niemals zu erzählen.«

»Bewundernswert, wie du deine Versprechen hältst.«

»Was denn? Ich bin eben ein Widerling. Das hast du doch selbst lang und breit geschrieben. *Die dritte Person unterscheidet sich paradoxerweise durch ihre Überangepasstheit. Ein widerliches Genie. So wie ich, nur noch schlimmer.* Das ist das Erste, was du über mich geschrieben hast. Ich habe die Stelle auswendig gelernt.«

»Ich habe übertrieben. Es tut mir leid. So genial bist du gar nicht.«

»Danke.«

»Glaubst du wirklich, dass ich bei Mona noch eine Chance habe?«

»Nein.«

»Aber du hast doch gerade gesagt, dass sie verrückt nach mir ist!«

»Eben.«

Und Engelbert und ich vertieften uns in eine ernsthafte Diskussion über die weibliche Psychologie.

24. November

Schon wieder eine Katastrophe. Und wieder einmal habe ich sie ganz allein heraufbeschworen.

Ich nutzte die Stille während der Mathearbeit, um meine Gedanken zu ordnen. Nachdem ich die Aufgaben im Schnelldurchlauf gelöst hatte, schrieb ich die wichtigsten Aspekte der Situation auf eine Liste:

1. Mona ist verrückt nach mir.
2. Sie wird es niemals zugeben.
3. Ich habe sie mit meinen Lügen verletzt.
ABER
1. Sie ist keinen Deut besser als ich, denn sie hat heimlich mein Tagebuch gelesen.
2. Genau wie ich es getan habe, zeigt sie ihre Gefühle durch die Zeichnungen auf ihren Ordnern und Heften, was ja wie ein indirektes (unbewusstes?) Geständnis ist, dass sie mein Tagebuch gelesen hat.
3. Sie spielt ein falsches Spiel mit Basile, den sie bestimmt benutzt, um mich eifersüchtig zu machen.
ALSO
Was tun?

Gerade als ich merkte, dass ich das alles auf die Rückseite meiner Mathearbeit geschrieben hatte, stürzte der Kondor nieder und griff zu.

Sein grausames Lächeln gab mir zu verstehen, dass es keinen Zweck hätte, ihn zu bitten, mir das Blatt zurückzugeben. Ich verließ schulterzuckend den Raum.

25. November

Wie zu erwarten war, bat mich der Kondor heute, nach dem Unterricht in der Klasse zu bleiben. An seinem Gesicht konnte ich erkennen, dass er sich rächen würde. Seit dem Mathewettbewerb ist er nicht mehr der Alte. Er hat in seiner Laufbahn noch nie zuvor eine solche Kränkung erlebt. Und ich bin schuld daran. Es ist erstaunlich, dass er sich noch nicht gerächt hat. Vielleicht hat der Schuldirektor ihn im Auge. Aber zu seiner Entlastung muss ich sagen, dass er sich in letzter Zeit sehr anständig verhalten und meine Arbeiten immer sorgfältig korrigiert hat. Keine Sticheleien im Unterricht, keine unpassenden Bemerkungen.

Aber als er mich mit einer kleinen Geste aufhielt, als ich aus der Klasse gehen wollte, als er schnell mit seiner kleinen spitzen Zunge über seine bläulichen Lippen fuhr, wusste ich, dass mein Stündlein geschlagen hatte. Ich blieb wie angewurzelt stehen und starrte zu Boden.

»Mach die Tür zu.«

Ich kam seiner Aufforderung nach.

Er erhob sich feierlich und begann, im Zimmer

auf und ab zu gehen. »Nun, mein Junge? Was ist los? Schüttest du mir dein Herz jetzt in der Mathearbeit aus?«

»Es tut mir leid, Monsieur. Das war ein Versehen. Ich war in Gedanken woanders.«

Er unterbrach mich mit einer schneidenden, ultraschnellen Bewegung, wie ein Ninja. »Versehen hin oder her, du musst dich zusammenreißen. Dein Handeln wird Konsequenzen haben.«

Ich versuchte, mein Kleiner-brauner-Bär-Gesicht zu machen, aber er kannte die fragliche Figur offensichtlich nicht, denn er wirkte etwas verstört. »Was ist los? Musst du dich übergeben?«

»Nein, ich … ich hatte gehofft, dass Sie das Blatt nicht meinen Eltern zeigen würden … oder dem Direktor.«

Er zuckte zusammen. »Dem *Herrn* Direktor!«

»Äh, ja … Entschuldigung.«

»Hör doch mal auf, dich ständig zu entschuldigen. Du musst zu deinen Fehlern stehen. Ich stehe ja auch zu meinen.«

Ich sah die lange Reihe der Konsequenzen vor mir, die mein Versehen zur Folge haben würde. Ein Haufen lächerlicher Probleme, die es zu lösen galt, Erklärungen, die ich würde abgeben müssen, Missverständnisse, die ausgeräumt werden mussten, bevor ich endlich in meine trostlose Einsamkeit zurückkehren konnte.

»Du hast nicht deinen Eltern diese Fragen gestellt. Oder dem Herrn Direktor. Sondern mir. Und ich stehle mich nicht aus der Verantwortung. Möchtest du meine Meinung hören, Nils?«

Ich überlegte kurz, ob ich sagen sollte: Nein, das ist wirklich nett, aber ich will jetzt lieber zu meinen Freunden auf den Hof gehen. Vielleicht ein andermal.

Doch leider sprach er schon weiter.

»Du bist ein echter Versager, mein Lieber.«

Wenn der Kondor plötzlich angefangen hätte, Bauchtanz zu tanzen, hätte mir nicht unwohler sein können.

»Hast du wenigstens den Roman gelesen, den sie mit Basile geschrieben hat?«

Ich schüttelte den Kopf. Ein Teil von mir zwang sich, mit dem Kondor zu reden, ein anderer flehte alle möglichen Gottheiten an, diesem entsetzlichen Gespräch ein Ende zu machen.

»Nun, *ich* habe ihn gelesen. Basile hat mir die Ehre gemacht, ihn mir anzuvertrauen.«

Er war sichtlich gerührt.

»Natürlich ist der Stil noch ein wenig unbeholfen. Und ich habe die beiden auf ein paar Unwahrscheinlichkeiten hingewiesen, vor allem, was die Hygrometrie und einige romantische Verhaltensweisen betrifft. Aber die Autoren sind ja noch jung. Ihr Werk zeugt von einer bewundernswerten Energie. Und sehr viel Begeisterung. Wenn du es gelesen hättest, wärst du nicht ganz so im Ungewissen, was Mona betrifft.«

Wieder einmal saß ein Frosch in meinem Hals, und ich stotterte ein paar Fragewörter.

»Das Mädchen träumt von Abenteuern! Romantik! Leidenschaft! Sie setzt sich in ihrem Roman in Gestalt eines geflügelten Geschöpfs in Szene, das den Himmel nach dem Jungen absucht, den es liebt.«

Er trat näher zu mir, und ich dachte kurz, er wolle mir eine Ohrfeige geben. Doch er ging nur an mir vorbei und öffnete die Tür, hinter der meine Mitschüler warteten und schon ungeduldig mit den Hufen scharrten.

»Ruhe!«, brüllte der Kondor. »Ich will nichts mehr hören! Wir arbeiten!«

Schwere Stille legte sich nieder. Er knallte die Tür zu und kam wieder zu mir. »Du sitzt da mit der Nase in deinen Zahlen und kümmerst dich nur darum, wer die bessere Note bekommt. Und siehst nicht, dass sich neben dir im Schatten eine junge Seele nach der Liebe sehnt.«

Er schwieg lange und fuhr sich mit der Hand über das Gesicht. Ich war ziemlich sicher, dass er mir seine eigene Geschichte erzählte. »Leb nicht am Leben vorbei, mein Junge. Mathematik, die Schule, das wird dir immer leichtfallen. Für alles andere musst du noch eine Menge lernen, glaub mir. Deine Zeit läuft. Also an die Arbeit!«

Ich mache eine halb verblüffte, halb zustimmende Geste. Was sollte ich tun?

»Mona zeigt dir die Lösung, da bin ich sicher.«

»Die Lösung?«

»Ja. Sie hat dir gesagt, was sie von dir erwartet. Aber du hast ihr nicht zugehört.«

In diesem Augenblick fiel mir seltsamerweise eins meiner ersten Gespräche mit Mona wieder ein. Ich wiederholte es für den Kondor: *»Ich musste nur akzeptieren, dass ich keine Mondscheinwanderungen machen, nächtelang tanzen oder Marathon laufen kann.«*

Er schlug sich gegen die Stirn. »Das ist es! Geh mit ihr tanzen!«

Er sprach ein bisschen zu laut, und ich hoffte inbrünstig, dass niemand auf der anderen Seite der Tür ihn gehört hatte.

»Tanzen? Aber Monsieur …« Ich zeigte auf meine Füße, um ihn daran zu erinnern, wie sehr Mona …

»Genau darum geht es! Genau darum, mein Junge!« Er kam noch näher, legte mir die Hand auf die Schulter und sah mir tief in die Augen. »Ich habe vielleicht nicht alle Feinheiten des Fermat'schen Satzes verstanden. Aber ich bin mir ziemlich sicher, wenn ein junges Mädchen dir sagt, dass es niemals tanzen können wird, dann will es, dass du mit ihm tanzen gehst. Lad sie zum Ball ein.«

Dann stand er auf, ließ die anderen Schüler herein und verbrachte die folgende Stunde damit, uns alle aufs Grausamste zu quälen.

26. November

Als ich nach Hause kam, versuchte ich, das verrückte Verhalten des Kondors zu vergessen. Immerhin war ich der einzige Zeuge seines vorübergehenden – so hoffte ich zumindest – Abstechers in den Wahnsinn gewesen. Ich schwor mir, niemandem etwas davon zu erzählen. Doch dann, als ich das Licht ausgeknipst hatte, krochen seine Worte tiefer in mein Bewusstsein.

Was, wenn er recht hatte?

Tanzen.

Ich musste an Heloise denken, die andauernd tanzt, bei jeder Gelegenheit. Die sich heimlich aus dem Haus schleicht, um tanzen zu gehen, wie im Märchen. Die mit dem Hintern wackelt, sobald sie ihre Kopfhörer aufhat. Wegen meiner großen Schwester habe ich Tanzen immer verachtet. *Nein, mein Mädchen,* heißt es in irgendeinem Lied, *du sollst nicht tanzen gehen.*

Soll sie doch.

Nach und nach fügten sich die Puzzleteile zusammen, und ich fand die Lösung des Problems.

Eine einfache Lösung.

Eine schreckliche Lösung.

27. November

Heloise war natürlich die Erste, die ich in meinen Plan einweihte. Ohne sie ging gar nichts. Der erste unvermeidliche Schritt. Alle weiteren würden noch schlimmer werden.

Als ich ihr meine Bitte vortrug, musste sie sich vor Überraschung aufs Bett setzen. »Du willst ... du willst, dass ich dir Tanzen beibringe?«

»Ich kann dich dafür bezahlen.«

»Aber Nils, du hast ungefähr so viel Groove wie ... wie eine Tube Zahnpasta!«

Ich ließ nicht locker. »Und du musst mir helfen, Mama und Papa dazu zu bringen, dass sie mich an meinem Geburtstag eine Tanzparty machen lassen. Ich will die ganze Klasse einladen. Du und Hippolyt, ihr müsst mir bei den Vorbereitungen helfen.«

»Cool!«, rief Hippolyt, der gerade den Kopf durchs Fenster gestreckt hatte.

Bei seinem Anblick spürte ich Erleichterung. Mit ihm auf meiner Seite hatte ich eine kleine Chance.

»Bitte, Helo!«, bettelte ich.

»Hm, aber ... wann hast du noch mal Geburtstag?«

»Heute in zwei Monaten.«

»Unmöglich. Tut mir leid.«

»Ach was, kein Problem«, widersprach Hippolyt. »Morgen Abend starten wir mit dem Unterricht.«

28. November

Noch vor meiner ersten Tanzstunde durfte ich mir eine Menge entmutigender Kommentare von Heloise anhören. Als Lehrerin ist sie noch schlimmer als der Kondor! Ihrer Einschätzung nach ist es wahrscheinlicher, dass die Menschheit den Jupiter kolonialisiert, als dass ich einen korrekten Tanzschritt hinbekomme oder ein Gespür für Rhythmus entwickele.

Ich biss die Zähne zusammen. Ich dachte an Mona. Ich stellte mir vor, wie ich sie in den Armen hielt und im Walzerschritt wiegte und mit meinem sicheren Rhythmusgefühl die kleinen Patzer ausglich, die ihr Motorikproblem verursachte. Sie würde ein langes Kleid tragen, und wir würden …

»Los geht's«, unterbrach Heloise meine Gedanken. »Zum Einstieg lege ich Musik auf, und du tanzt dazu, wie du willst. Damit ich dein Niveau einschätzen kann.«

Hippolyt stimmte mit einem Nicken zu. Offenbar würde er beim Unterricht dabei sein, auch wenn niemand auf die Idee gekommen war, mich nach meiner Meinung zu fragen.

»Träumst du, Nils? Bist du bereit?«

»Ja.«

»Ich habe dich nicht gehört.«

»Ja!«

»Ja, wer?«

»Ja, Heloise, meine allerliebste Lieblingsschwester!«

In Situationen, in denen einer von uns den anderen in der Hand hat, genießen wir das Privileg, ihm Unterwerfungsgesten und Ehrerbietigkeitsformeln abzuverlangen. Wenn Heloise etwas von mir will, dann muss sie sagen: »O Nils, mein verehrter Bruder, dessen Intelligenz die tiefe Nacht meiner Unwissenheit erhellt, ich bitte dich …« Ihre Forderung ist etwas maßvoller als meine, das gebe ich zu.

Als sie das erste Lied ihrer Playlist laufen ließ, eine grausame Elektro-Mischung aus Explosionen und künstlichem Gejaule, konzentrierte ich mich. Tief in mir drinnen wusste ich, dass ich es schaffen konnte. Ich dachte an den Kondor, dessen Tipps mir jetzt ziemlich albern erschienen. Ich hatte mich mein Leben lang von meinem Gehirn beherrschen lassen. Ich musste mein Gehirn endlich ausschalten und meinen Körper sprechen lassen, meine Seele, das Tier, das in mir schlummerte.

Mein Vater machte die Tür auf und sah uns entsetzt an. Er sagte etwas, das wir nicht verstanden, zeigte auf die Lautsprecher, wartete einen Augenblick und verließ dann resigniert das Zimmer.

»Leg los, Nils!«, rief Hippolyt.

Also legte ich los.

Stück für Stück löste ich die Seile, die meine Seele einschnürten, ich warf meine Fesseln ab und glitt in den brodelnden Fluss der Musik. Ich schloss die Augen, konzentrierte mich auf die Farbexplosionen, die der Rhythmus auf meinen inneren Bildschirm zauberte, und tanzte.

Ich tanzte voller Wut, voller Leidenschaft, voller Ingrimm, voller Liebe. Ich tanzte für Mona. Ich tanzte gegen die Schwerfälligkeit der Welt, gegen die Trägheit, gegen die Regeln. Tanz kennt keine Lügen, keine Berechnung, keine Schlauheit. Meine Arme, meine Beine, mein Oberkörper explodierten in nie dagewesenen Positionen. Ich hielt mich für einen indianischen Schamanen, für ein Raubtier, ein …

Die Musik brach ab.

Als ich die Augen öffnete, blickten Hippolyt und Heloise mich seltsam an.

Nach mehreren Sekunden kratzte Hippolyt sich am Kopf. »Tja«, sagte er, »einmal ist mein Hund von einer Wespe gestochen worden, ins Ohr. Er ist total ausgeflippt.«

Ich wischte mir den Schweiß von der Stirn. »Wie … wieso kommst du jetzt darauf? »

»Nils«, sagte Heloise mit beängstigend freundlicher Stimme, »es gibt viele Möglichkeiten, seinen Geburtstag zu feiern. Ihr könntet doch alle zusammen Monopoly spielen. Oder eine Schnitzeljagd machen, wenn das Wetter gut ist. Was meinst du? Eine Schnitzeljagd?«

Ich setzte mich auf Heloises Bett. »War es nicht so gut?«

Sie schauten sich wieder an, und ich sah, dass sie nach den richtigen Worten suchten, um ihren Eindruck zu beschreiben. Dann verzichteten sie ganz darauf.

»Genau«, sagte Hippolyt, um die Sache einfacher zu machen. »Es war nicht so gut.«

»Und wenn ich übe? Viel übe? Tag und Nacht?«

Heloise setzte sich im Schneidersitz neben mich. »Nils, hast du schon einmal von einer Nacktschnecke gehört, der es durch tage- und nächtelanges Üben gelungen ist, wie ein Schmetterling zu fliegen?«

»Äh … nein. Davon habe ich noch nie gehört.«

»Siehst du. Ich auch nicht.«

Daraufhin ging ich ins Bett.

15. Januar

Ich habe nicht aufgegeben.

Deshalb habe ich auch so lange nicht geschrieben. Ich habe geübt. Jede freie Minute.

Von der Energie will ich gar nicht reden, die dazu nötig war. Von der Willenskraft. Der Hartnäckigkeit. Dem Heldenmut. Von den Stunden in Heloises Zimmer, in denen wir die Schritte wiederholten, die Bewegungen, oder ich ihnen beim Tanzen zusah, Hippolyt und ihr. Das Leben ist ungerecht. Sie müssen sich nur hinstellen und mit dem kleinen Finger wackeln, und schon sieht es schön und aufregend und sexy aus. Ihre Körper scheinen eine Geschichte zu erzählen, bei der man lachen und weinen möchte. Gut, meiner auch, aber aus anderen Gründen. Noch dazu ging mir das Bild von der Nacktschnecke nicht mehr aus dem Kopf, das, wie ich zugeben muss, meine Tanzkünste ziemlich gut beschreibt.

Ich habe trotz meiner Nacktschneckenanatomie getanzt. Ich habe darauf beharrt, diskutiert, Widerstand geleistet. Ich habe mutig das Gesetz der Schwerkraft herausgefordert. Ich habe meine Zehen so ziemlich an jeder Stelle verletzt. Ich habe Muskelkater in Muskeln bekommen, von denen ich nicht mal wusste, dass es sie gibt.

Nach einer Weile sah es etwas weniger nach einem epileptischen Anfall aus, wenn ich tanzte. Mit etwas gutem Willen konnte man sich sogar eine Verbindung zwischen meinen Muskeln und der Musik vorstellen.

»Im Dunkeln und zwischen den Leuten könnte es gehen«, erklärte Hippolyt aufmunternd.

Heloise war etwas zurückhaltender.

Wenn ich gerade nicht trainierte, bearbeitete ich meine Eltern, mir zu erlauben, meinen Geburtstag bei uns zu Hause zu feiern. Ich sagte allerdings nicht dazu, dass es eine Tanzparty werden soll. Die Psychologin half mir sehr. Sie erklärte meinen Eltern, diese Feier werde mich besser in der Schule integrieren und meine Beliebtheit steigern. Irgendwann gaben sie dann nach. Schwieriger war es, ihnen beizubringen, dass sie selbst nicht zu der Party eingeladen sind und dass sie kein Konfetti und keine Luftschlangen kaufen sollen. Und dann musste mein Vater sich auch noch von dem großen Rätselwettbewerb verabschieden, von dem er geträumt hatte.

»Ihr bleibt in eurem Zimmer«, erklärte Heloise. »Hippo und ich kümmern uns um alles.«

Ich habe vergessen zu erwähnen, dass meine Eltern Hippolyt den berühmten Abend, an dem Heloise (wegen mir) auf militärische Weise nach Hause gebracht worden war, verziehen haben. Laut der Psychologin hat er nämlich eine beruhigende Wirkung auf mich und stellt ein vorbildliches »alternatives Männlichkeitsmodell« dar. Mein Vater runzelte die Stirn, aber seit meine Notenkurve einen Aufwärtstrend zeigt, ist die Psychologin für meine Eltern zu einer Art Prophetin geworden.

Ich bastelte Einladungen für alle Schüler aus meiner Klasse. Bei Monas Einladung gab ich mir besonders viel Mühe: Ich zeichnete Nils Holgersson auf seiner Gans, der hinter der Mona Lisa durch den Himmel fliegt.

Wenn ich Glück habe, fällt sie mir in die Arme, sobald sie die Karte sieht, und wir verbringen die Party zu zweit auf dem Sofa und schauen den anderen beim Tanzen zu.

17. Januar

Nichts läuft wie geplant.

Das kann doch nicht wahr sein! Ich habe wieder mal nicht genug nachgedacht. Ich hatte mir vorgestellt, dass ich auf den Schulhof kommen und die Einladungen verteilen würde, die meine dankbaren Mitschüler mir förmlich aus den Händen reißen würden.

Diese Vorstellung fand ich super. Ich ging also zuversichtlich durch den Eingang, den Kartenstapel unterm Arm. Und dann kamen mir Zweifel.

Ich musste natürlich zuerst mit Mona reden. Ihr zu verstehen geben, dass ich diese Party nur für sie machte. Die anderen waren nur Beiwerk, Vorwände, Statisten. Ich musste Mona überzeugen. Andeuten, dass ich mich auf ihren Heften erkannt hatte, wie ich mit einem Wichtelhut auf dem Kopf durch die Luft ritt. Mona war noch nie auf einer Tanzparty gewesen. Sie würde Angst haben. Sie würde alle möglichen Einwände vorbringen, die es auszuräumen galt. Ich konnte sie nicht vor vollendete Tatsachen stellen. Und was, wenn sie nicht kam? Wenn sie diese Einladung als Beleidigung empfand? Als Rache? Wir waren ja immer noch offiziell zerstritten. Ich nahm ihr ihren Groll zwar nicht mehr übel, aber vielleicht hatte sie nicht ganz so schnell wie ich den gewundenen Weg zur Versöhnung unserer Herzen zurückgelegt.

Außerdem war, bei Licht besehen, die Zeichnung, die ich für sie gemacht hatte, ziemlich schlecht gelungen. Die Gans sah aus wie ein altes Huhn und die Mona Lisa wie Iron Man.

Ich wollte meine Einladungen gerade wieder einpacken und mir überlegen, wie ich die Sache angehen sollte, als Engelberts durchdringende Stimme mich zusammenzucken ließ. »Oh, hallo Nils! Für wen sind denn diese Briefe?«

»Für niemanden«, erwiderte ich und ließ dabei versehentlich den ganzen Stapel auf den Boden fallen.

Sofort bildete sich ein Kreis Neugieriger um uns herum. Dann sahen die Leute ihre Namen auf den Umschlägen und schnappten sich ihre Einladungen. Nach wenigen Augenblicken war das Unglück geschehen.

»Eine Party! Bei dir!«

»Das ist ja super!«

Über die Köpfe der anderen hinweg sah ich Mona und Basile, die sich abseits hielten und so taten, als interessiere sie die Aufregung nicht. Als es zur ersten Stunde läutete, blieben ihre Umschläge auf dem Boden liegen. Ich hob sie auf und steckte sie in meine Tasche.

Der Tag war sehr lang. Beim Mittagessen und in den Pausen war meine Party das einzige Gesprächsthema. Alle waren aufgeregt. Sie wollten mein Zimmer sehen. Sie waren sogar neugierig auf Heloise und meine Eltern.

Kein Wunder, dass Mona und Basile sich in ihre Ecke zurückzogen. Da sie keine Einladung bekommen hatten, fühlten sie sich ausgeschlossen. Logisch. Eine Katastrophe!

Aber ich fand in keinem Moment die Gelegenheit oder den Mut, zu ihnen zu gehen und ihnen ihre Einladungen zu geben. Mona warf mir abwechselnd wütende und gekränkte Blicke zu. Basile lächelte freundlich wie immer.

Je mehr Zeit verging, desto klarer wurde mir, dass ich einen riesigen Fehler gemacht hatte. Und daran war nur der Kondor schuld. Wenn ich Mona jetzt einlud, würde sie denken, ich hätte Mitleid mit ihr. Ich hätte auf die Schnelle dieses missglückte Bild gezeichnet, um es wiedergutzumachen. Sie würde mir die Einladung um die Ohren hauen.

Als ich abends nach Hause kam, stand mein Entschluss fest: Ich würde die Party absagen.

Ich würde einen Vorwand finden. Vielleicht wäre Heloise bereit, sich bei einem Unfall mit dem Roller eine schwere Verletzung zuzuziehen. Und zur Not konnte ich immer noch unser Haus in Brand setzen.

Da kam meine Mutter in mein Zimmer, ohne anzuklopfen, ganz rosig vor Freude. »Die Eltern deiner Freunde rufen an, um zu bestätigen, dass sie zu deiner Party kommen. Sie freuen sich sehr. So nette Leute! Mein Teamleiter wird zu uns kommen, stell dir vor! Monsieur Robert! Ist das nicht unglaublich, mein Schatz? Meinst du, wir schaffen es vorher noch, das Wohnzimmer zu tapezieren?«

Sie umarmte mich.

»Du bist ein außergewöhnlicher Junge! Und ich hatte solche Zweifel, ob wir dir diese Feier erlauben sollten! Ich rufe gleich beim Partyservice an. Glaub mir, diesen Geburtstag wirst du nicht vergessen!«

Als sie mein Zimmer verlassen hatte, rannte ich zu Heloise. Ich brauchte Hilfe. Sie knutschte gerade mit Hippolyt.

»Du könntest auch mal anklopfen!«, brüllte sie.

»Tut mir leid, ich …«

»Tut mir leid, wer?«

»Tut mir leid, meine allerliebste Lieblingsschwester, ich …«

»Was ist los?«, fragte Hippolyt beunruhigt.

Ich erzählte ihnen alles. Einen Moment lang sagten sie gar nichts.

»Es ist alles vermasselt«, schlussfolgerte Heloise dann.

Hippolyt stand auf. »Komm mit.«

»Wohin?«

»Zu Mona. Ich fahre dich.«

Glücklicherweise hatte ich keine Zeit zum Nachdenken. Plötzlich saß ich hinten auf dem Roller und holperte über das Kopfsteinpflaster. Monas Einladung steckte in meinem Pullover, direkt auf meiner Haut. Hippolyt nahm eine Abkürzung. Er parkte vor Monas Haus, klingelte und verschwand. »Ich warte da vorne im Café. Lass dir Zeit.«

Monas Mutter konnte ihre Verblüffung nicht verbergen, als sie mich vor ihrer Tür stehen sah, mit einem viel zu großen Helm auf dem Kopf und einem schweißgetränkten Umschlag in der Hand.

Aber im Gegensatz zu mir haben manche Menschen sich in jeder Situation unter Kontrolle.

»Nils! Bist du ganz allein? Bitte, komm doch rein.« Ihr schien eingefallen zu sein, dass ich ja ein bisschen zurückgeblieben war und man mit Menschen wie mir behutsam sein musste.

Ich trat ein.

Sie streckte die Hand in meine Richtung und schien etwas sagen zu wollen, schwieg dann aber doch und gab mir ein Zeichen, ihr zu folgen.

An den Weg von der Haustür bis zu Monas Zimmer habe ich nicht die geringste Erinnerung. Ich war so benommen, dass ich den Eindruck hatte, in einem Gewölbe zu sein, wo alle Geräusche gedämpft waren. Ich war schweißgebadet und bekam kaum Luft.

Plötzlich trat ich durch die Tür, von der ich so oft geträumt hatte. Ich stand Mona allein gegenüber. Sie saß an ihrem Schreibtisch und hob den Blick zu mir. In manchen Albträumen habe ich Situationen erlebt, die dieser hier entfernt ähnelten. Doch trotz meiner Bemühungen wachte ich nicht auf.

»Ja?«, fragte sie mit einem eisigen Lächeln. »Hast du etwas vergessen?«

Da überkam mich plötzlich die ganze Anspannung des Tages, der vorangegangenen Tage, die Traurigkeit, die Enttäuschung, die Eifersucht und eine Menge anderer unguter Gefühle. Eine schwarze Tintenpatrone zerplatzte in meinem Gehirn. Der Teufel bemächtigte sich meiner Seele, mit seinen Monstern und Vampiren. Mein Gesicht verzerrte sich zu einem verrückten Lächeln, und ich schnaubte, wobei ich ihr genau in die Augen sah: »Sehr witzig.«

Und dann wusste ich plötzlich, was ich tun musste.

Auf gar keinen Fall einen sinnlosen Streit vom Zaun brechen. Nichts davon sagen, dass sie mein Tagebuch gelesen hatte, keine Vorwürfe, keine bitteren Worte, nichts, was ich später bereuen würde.

Ich dachte an die Worte des Kondors. Mona sei ein leidenschaftliches, romantisches Mädchen. Sie wollte Leidenschaft? Sie sollte sie haben!

Ich ging zu ihr und knallte die Einladung auf ihren Tisch. »Mona, ich bin gekommen, um dich zu einer Tanzparty einzuladen, die ich nur für dich mache. Ich wollte dir die Einladung nicht in der Schule vor allen anderen geben. Deshalb bin ich hier. Mona, ich bitte dich um Verzeihung für meine Lügen. Und es tut mir leid, dass ich das Buch nicht gelesen habe, dass du mit Basile geschrieben hast. Ich war eifersüchtig. Ich liebe dich. Von Anfang an. Noch immer.«

Dann beugte ich mich schwungvoll vor, um sie zu küssen.

Und alles wäre perfekt gewesen, wenn ich nicht vergessen hätte, dass ich immer noch Hippolyts Helm aufhatte.

Es ist einundzwanzig Uhr zehn. Mona hat mir gerade eine Mail geschrieben. Ihre Nase blutet nicht mehr, dafür ist sie jetzt doppelt so groß.

Sie hat nicht gesagt, ob sie zu meiner Party kommt.

27. Januar

Ich war so aufgeregt, dass ich vor der Party nicht eine Zeile schreiben konnte. Vielleicht war es auch Aberglaube. Was, wenn meine Angewohnheit, alle Ereignisse in meinem Leben aufzuschreiben, die ganzen Probleme erst angelockt hat?

Am Tag nach meinem Besuch kam Mona völlig entstellt in die Schule. Ein riesiger, gelblichvioletter Fleck zierte ihre Stirn. Sie hatte einen blutigen Verband um die Nase und redete wie Donald Duck. Eltern sorgen sich völlig umsonst. Diese Helme sind unglaublich fest.

Jedenfalls habe ich mich nicht getraut, sie anzusprechen und mich bei ihr zu entschuldigen. Ich befürchtete, dass meine Entschuldigung nicht ausreichend romantisch ausfallen würde.

In den letzten Tagen war mein Geburtstag das einzige Thema in den Pausen. Wenn ich näher kam, verstummten plötzlich die Gespräche. Die anderen beratschlagten heimlich, was sie mir schenken sollten. Heloise, die den Auftrag hatte, diskret meine Wünsche zu erkunden, fragte mich einfach rundheraus. Ich sagte, ein Smartphone. Alles hätte perfekt sein können. Zu einem anderen Zeitpunkt wäre ich wunschlos glücklich gewesen.

Ich gab schließlich auch noch Basile seine Einladung. Er wirkte weder überrascht noch sonderlich erfreut. Ich glaube, er wäre auch ohne Einladung gekommen.

Abends absolvierte ich weiter mein Tanztraining. Langsam zeigt das viele Üben Erfolg. Heloise und Hippolyt gaben mir noch ein paar Tipps. Sie meinten, ich wäre so weit, mich allein auf die Tanzfläche zu wagen und ein Mädchen aufzufordern.

»Jetzt kommt es nur noch darauf an«, bemerkte Hippolyt, während er in einer Fußballzeitschrift blätterte, »dass du die Leute in Stimmung bringst.«

Meine Mutter kümmerte sich um das Essen. Sie hatte beim Partyservice jede Menge Häppchen bestellt, alkoholfreie Cocktails, Gebäck, Blumen und sogar eine riesige Torte, natürlich zu Ehren ihres Helden Monsieur Robert, ihrem Teamleiter.

Mein Vater wollte ebenfalls seinen Teil zur Party beitragen und hängte eine alte Discokugel und Scheinwerfer auf, die er unglücklicherweise im Keller seiner Eltern gefunden hatte. Er räumte das Wohnzimmer um, rückte die Sessel an die Wand und baute das Sofa ab. Das ganze Zimmer war voller Papiergirlanden. Hippolyt schloss seinen Computer an die Lautsprecher an und machte einen Soundcheck.

Um Punkt vierzehn Uhr kamen alle Gäste gleichzeitig, in Begleitung ihrer aufgeregten Eltern. Es dauerte fast eine Stunde, bis die Erwachsenen endlich wieder weg waren. Vor allem Monsieur Robert schien am liebsten selbst an der Party teilnehmen zu wollen. Als Hippolyt leise die ersten Songs spielen ließ, um den Eltern zu verstehen zu geben, dass sie gefälligst verschwinden sollten, schnipste Robert mit den Fingern, schwang die Hüfte und zwinkerte meiner Mutter zu. Als er schließlich auf verzweifeltes Drängen seiner Tochter hin abzog, war Mona immer noch nicht da. Mir wurde klar, dass sie nicht mehr kommen würde.

Ich musste mich der Lage stellen. Heloise gab das Zeichen. Sie drehte die Lautstärke auf, schnappte sich Hippolyt, und die beiden begannen zu tanzen.

Wie junge Götter.

Es war der Wahnsinn.

Alle drehten total durch. Ich sah gerade noch meine Eltern das Zimmer verlassen, als Engelbert auch schon anfing zu tanzen, gefolgt von Baptist, Julian, Gregor, Violette, Melusine, Aurelie und den anderen.

Die Zeit verging wie im Flug. Die Discokugel warf funkelnde Blitze durch den Raum, und ich musste an Monas Beule denken. Ich schüttelte, so gut ich konnte, mein schweres Herz im Getümmel.

Basile stand allein am Büfett, mampfte ein Häppchen nach dem anderen und testete die Cocktails. Als er von einem Kreis aus Krümeln umgeben war, gesellte ich mich zu ihm.

Sein freundschaftliches Lächeln, seine aufrichtige Freude, mich zu sehen, gemischt mit Überraschung – als erinnerte er sich gar nicht mehr, dass die Party bei mir stattfand –, waren wie Balsam für meine Seele. Ich dachte an den Beginn des Schuljahrs zurück, an die ersten Stunden in der neuen Klasse. Er war es gewesen, der mich willkommen geheißen und mir die Grundlagen des Versagens beigebracht hatte. Er hatte nie gezögert, mir einen Gefallen zu tun, wenn es nötig war, zum Beispiel den Kondor abzulenken. Und ich hatte ihn selbstsüchtig fallengelassen. Mein Stolz und meine Eifersucht hatten mich dazu gebracht, ihn zu beleidigen, doch er schien es mir nicht nachzutragen. Dabei hatte ich nicht einmal einen Blick in sein Buch geworfen. Ich war ein rücksichtsloses Monster.

Ich bat ihn mit einer Kopfbewegung, mir zu folgen.

Er zögerte und warf einen besorgten Blick auf das

Büfett, dann schnappte er sich einen Teller, türmte eine wacklige Pyramide aus Gebäckstücken darauf und folgte mir, wobei er weitere Krümel im Flur und auf der Treppe verteilte.

Unsere Schritte riefen meine Eltern auf den Plan, die aus ihren Gemächern hervorschossen. »Ist alles in Ordnung?«, erkundigte sich meine Mutter.

»Ja, Mama.«

Sie bedachte Basile mit einem steifen Lächeln. Es war bei uns eigentlich strengstens verboten, Essen mit aufs Zimmer zu nehmen, aber sie riss sich zusammen und sagte nichts.

»Langweilt sich die kleine Melissa Robert auch nicht? Hast du gesehen, wie hübsch sie ist?«, fragte sie mich.

Ich zuckte mit den Schultern, und sie ließ uns gehen. Als wir endlich in meinem Zimmer waren, war ich erleichtert. Basile inspizierte meine Bücher, mein Briefmarkenalbum, mein Schachspiel und meine Enzyklopädie und hinterließ überall Fettflecken.

»Ähm, Basile, ich wollte mich entschuldigen. Ich war nicht gerade nett zu dir.«

Er war damit beschäftigt, das Licht in meinem Globus an- und auszuknipsen, und antwortete nicht.

»Die ganze Geschichte ist wegen … wegen Mona.

Ich meine, wegen meiner Gefühle für sie, verstehst du?«

Mist. Ich behandelte ihn schon wieder wie einen Idioten. Die Musik drang kaum abgeschwächt zu uns herauf. Das Wummern des Basses erschütterte die Wände. Basile drückte im Rhythmus auf den Schalter am Globus. Ein Windbeutel landete auf meinem Teppich, und Sahne quoll heraus.

»Also«, fasste ich zusammen. »Jedenfalls ist sie nicht gekommen. Es war alles umsonst.«

Ich dachte an das wochenlange Training, an die Vorbereitungen und an den Zustand, in dem das Haus nach der Party sein würde. Ich wäre am liebsten ins Bett gegangen und hätte mir die Decke über den Kopf gezogen.

»Sie redet die ganze Zeit von dir«, informierte Basile mich kauend, während seine Aufmerksamkeit sich auf mein Zweitausendteilepuzzle der Schule von Fontainebleau richtete.

Er schien nicht die Absicht zu haben, noch etwas hinzuzufügen. Ich stellte mich zwischen ihn und das Puzzle. »Ja? Und was sagt sie?«

Er lächelte liebenswürdig. »Wer?«

»Na, Mona! Was sagt sie über mich.«

Er setzte sich auf mein Bett und betrachtete nachdenklich seine Kuchenpyramide. Er musterte eine gelbe Makrone, die einen Stapel flacher Törtchen trug.

»Basile, bitte! Konzentrier dich!«

»Du hast recht«, erwiderte er. »Ich sollte die Makrone zuerst essen. Die anderen mag ich nämlich lieber.«

»Was hat Mona gesagt?«

»Mona? Hm ... also ...« Er biss in die Makrone. Die Worte, die er hervorstieß, waren zuckerverklebt und unverständlich.

Ich war kurz davor, seinen Teller aus dem Fenster zu werfen. »Basile, bitte, hör kurz auf zu essen und sag das noch mal!«

Er warf seinen Kuchenstücken einen entschuldigenden Blick zu, als müsse er ein paar mutterlose Kätzchen im Stich lassen. »Sie hat pausenlos von dir geredet. Deswegen haben wir ja auch so viel Zeit verloren, als wir Kapitel zwölf bis zwanzig geschrieben haben, das sind die, die im Krater von Barbikan spielen, als der Elf gerade ...«

»Basile! Bleib beim Thema! Was hat Mona gesagt?«

Er biss sich hochkonzentriert auf die Innenseiten seiner Wangen. »Nichts Besonderes. Sie liebt dich. Ach ja. Sie will dir eine Lektion erteilen. Sie wird kommen, aber sehr spät. Damit du dir Sorgen machst und so. Und dann ... genau. Das Wichtigste.«

Ich hielt den Atem an, während er sich den Kopf zerbrach.

»Ach ja. Das war ihr ganz wichtig. Das ist alles total geheim. Wenn ich dir auch nur ein Wort sage, bringt sie mich um.«

Ich stürzte die Treppe hinunter.

Im Wohnzimmer herrschte tropische Hitze. Als Erstes sah ich Engelbert, der Melissa Robert umarmte, und dann sah ich …

Mona.

Strahlend.

Sie tanzte.

Und beim Tanzen war sie genau wie alle anderen. Ihr Hinken war nicht zu bemerken. Im Gegenteil, so, wie sie sich leicht taumelnd in den Hüften wiegte, wirkte sie wie eine verzauberte Ballerina. Die streunenden Farbsplitter der Discokugel glitten über ihren wendigen Körper. Gegen sie wirkte sogar Heloise tapsig wie Baloo der Bär aus dem Dschungelbuch.

Die anderen Tänzer bildeten eine Art Kreis um sie. Ich sah, dass Engelbert die Arme ausbreitete, um sie aufzufangen, falls sie fiel. Aber sie fiel nicht. Sie tanzte. Für sie schien an diesem Nachmittag das Gesetz der Schwerkraft nicht zu gelten.

Plötzlich gab Hippolyt, der neben der Anlage stand,

mir ein Zeichen. Er legte einen langsamen Song auf. Eine Musik aus einer anderen Zeit, sanft und poetisch. Ein Lied der Scissor Sisters aus dem Album von 2006.

Sofort bildeten sich Paare. Ich ging auf Mona zu. Sie sah mir in die Augen und lächelte. Ich legte mir die Hände an den Kopf, um ihr zu zeigen, dass ich heute keinen Helm trug. Ihr Lächeln wurde breiter.

Seltsamerweise wusste ich im selben Moment, in dem ich auf etwas Klebrigem ausrutschte, dass es eine Erdnussbuttertoastecke war, die Basile versehentlich von einer Platte gefegt hatte. Ich fing seinen reumütigen Blick auf, als ich ins Leere stürzte.

Dann wurde alles schwarz.

29. Januar

»Mach dir keine Sorgen«, sagte Mona am Montagmorgen zu mir, als sie mich über den Hof kommen sah. »Ich begleite dich.«

Schwitzend, erschöpft und schnaubend wie ein Stier folgte ich ihr zum Fahrstuhl, wobei ich ungeschickt mit meinen Krücken hantierte.

»Du wirst sehen«, fügte sie hinzu. »Man gewöhnt sich dran. Wirst du sie lange brauchen?«

»Nein. Es ist ein einfacher Bruch. Zum Glück. Diese Humpelei ist echt schrecklich.«

Dann bemerkte ich, was ich da gerade gesagt hatte. »Oh! Tut mir leid, Mona.«

Sie antwortete nicht. Aber als sich die Tür des Fahrstuhls hinter uns geschlossen hatte, drückte sie ihren Mund auf meinen. »Vierzig Sekunden«, sagte sie, als der Fahrstuhl hielt, »sind leider sehr kurz.«

Ich konnte nicht antworten. Aber ich schaffte es irgendwie ohne Krücken in die Klasse.

Alle anderen saßen schon auf ihren Plätzen. Ich blieb einen Augenblick auf der Schwelle stehen und musterte meine Mitschüler. Ich fand sie plötzlich alle sehr liebenswert, freundlich und hübsch. Engelbert winkte mir zu, und Basile betrachtete den Kondensstreifen eines Flugzeugs am Himmel.

Ich humpelte zum Lehrerpult, wo der Kondor meine Krücken mit einer kleinen Grimasse in Augenschein nahm.

»Monsieur«, sagte ich. »Kann ich kurz mit ihnen reden?«

Er nickte und bat mich, ihm auf den Gang zu folgen, was ich mit einigen Schwierigkeiten tat. Mona setzte sich an ihren Platz und zwinkerte mir zu. Mein Herz wurde ganz groß vor Freude.

»Es ist so«, sagte ich, sobald wir draußen waren. »Ich wollte Ihnen danken.«

»Mir danken? Wofür?«

»Es hat alles hervorragend funktioniert. Ihr Plan. Die Tanzparty.«

Er musterte erneut meine Krücken. »Offensichtlich.«

»Oh, das ist nicht so schlimm. Und außerdem … na ja, ich wollte Sie um einen Gefallen bitten.«

Er wirkte überrascht und neugierig. So etwas schien er nicht gewohnt zu sein.

»Es geht um meine Freunde. Sie waren alle so lieb zu mir, sie haben am Samstag nicht geschlafen wegen meiner Feier und meines … Unfalls. Sie haben mich am Sonntag im Krankenhaus besucht. Ich glaube, sie hatten nicht genug Zeit, um die Mathehausaufgaben für heute zu machen. Also, wenn Sie ausnahmsweise … nachsichtig sein könnten …«

Der Kondor nickte. »Du machst Fortschritte, Nils. Wirklich. Ich nehme mein Urteil zurück. Vielleicht bist du in Wahrheit doch nicht so ein Versager, wie es den Anschein hatte.«

»Danke, Monsieur.«

Wir gingen zurück in die Klasse. Ich humpelte zu meinem Platz. Inzwischen konnte ich mir etwas besser vorstellen, was Mona durchmachte. Ich hätte nie ihre Zuversicht gehabt.

Als ich mich setzte, ergriff der Kondor feierlich das Wort: »Euer Mitschüler Nils hat mich gerade informiert, dass ihr am Wochenende keine Hausaufgaben machen konntet und er dafür verantwortlich ist. Deshalb bin ich bereit, mein Programm ausnahmsweise zu ändern. Ich gebe euch bis morgen Zeit, um die Aufgaben zu bearbeiten.«

Freudiges Gemurmel breitete sich aus. Irgendjemand fing an zu klatschen.

»Dafür bekommt ihr heute«, fuhr der Kondor fort, »von mir einen Überraschungstest. Er zählt doppelt.

Wenn ihr schon in der sechsten Klasse eure Wochenenden mit Feten verbringt, sieht es schlecht für euch aus, meine Lieben.«

Ich war sehr erleichtert, dass der Kondor wieder er selbst war. Es reicht schon, ein Mädchen zu küssen, damit nichts mehr ist, wie es war. Es wäre zu verstörend gewesen, wenn plötzlich *alles* anders gewesen wäre.

Ich sah zu, wie die anderen sich stöhnend an den Test machten. Eigentlich war es ja gar nicht so schwer, sich der Erfolgsdiktatur zu entziehen. Meine Methode hatte jedenfalls super funktioniert. Ich überlegte, ob ich sie patentieren lassen sollte. Ich würde sie *Versagen für Versager* nennen.

Dann musste ich an meinen gebrochenen Knöchel denken, an Monas geschwollene Nase und an die Qualen, die meine Familie durchlitten hatte, und ich sagte mir, dass es vielleicht auch weniger riskante Methoden gab als das Scheitern, um im Leben Erfolg zu haben.

Dann sah ich Mona an. Sie lächelte. Ich vergaß alles um mich herum, und als der Kondor die Arbeitsblätter einsammelte, war meines weiß.

Ich bekam meine erste echte Sechs.

Und da Engelbert seit meiner Party wegen seiner frisch erwachten Leidenschaft für Melissa Robert sehr abgelenkt zu sein scheint, bekam Mona die beste Note.

Vielleicht hat meine alte Grundschullehrerin doch nicht nur Quatsch erzählt. Auf dem Gymnasium passieren wirklich seltsame Dinge.

»Na, Champ«, sagte Mona nach der Schule grinsend zu mir, »bist du erledigt?«

»Ja. Ich glaube, ich brauche Nachhilfe!«

Dann legte ich ihr den rechten Arm um die Taille und nahm mit dem linken eine Krücke. Sie nahm die andere Krücke, und wir humpelten gemeinsam zum Ausgang.

Und unser Hinken passte ganz wunderbar zusammen.

Ravenstorm – Eine Insel und ihre dunklen Geheimnisse

Abenteuer sind das Letzte, womit Molly und Arthur rechnen, als sie auf der abgelegenen Insel Ravenstorm mit dem alten Schloss ankommen. Doch als Mollys kleiner Bruder Jack spurlos verschwindet, entdecken sie, dass hier irgendetwas faul ist. Plötzlich stecken sie in schrecklicher Gefahr. Um Jack zu retten, brauchen Molly und Arthur all ihren Mut und echte Magie ...

Der erste Band der spannenden Abenteuerserie um die Insel Ravenstorm – mit einem Hauch Magie!

Gillian Philip
Die Geheimnisse von Ravenstorm Island – Die verschwundenen Kinder
Aus dem Englischen von
Katrin Segerer
224 Seiten, gebunden

Das gesamte Programm gibt es unter
www.fischerverlage.de

fi 7-5213 / 2